炎の真実

森芳男

まえがき

本能寺の変は主犯存在説、黒幕存在説、黒幕複数説、従犯存在説、明智光秀の実行犯説がある。明智光秀が謀反にいたった動機と主犯存在説・黒幕存在説の動機を後藤敦氏の整理表を引用させて戴くと次の通りである。

明智光秀が謀反にいたった動機（後藤敦氏の整理による）

1. 積極的謀反説	①野望説　②突発説
2. 消極的謀反説	①怨恨説　②不安説　③ノイローゼ説　④内通露顕説　⑤人間性不一致説　⑥秀吉ライバル視説
3. 名分存在説	①救世主説　②神格化阻止説　③暴君討伐説　④朝廷守護説　⑤源平交代説
4. 複合説	①不安・怨恨説　②怨恨・突発説　③不安・突発説　④野望・突発説　⑤不安・野望説　⑥怨恨野望説　⑦複合説

主犯存在説・黒幕存在説（後藤敦氏の整理による）

1. 主犯存在説 ①羽柴秀吉実行犯説　②斎藤利三実行犯説　③徳川家康・伊賀忍者実行犯説　④複数実行犯・複数黒幕存在説
2. 主黒幕存在説 ①朝廷黒幕説　②羽柴秀吉黒幕説　③足利義昭黒幕説　④毛利輝元黒幕説　⑤徳川家康黒幕説　⑥堺商人黒幕説　⑦フロイス黒幕説　⑧高野山黒幕説　⑨森蘭丸黒幕説
3. 黒幕複数説 ①秀吉・家康・光秀協同謀議説　②足利義昭・朝廷黒幕説　③近衛前久・徳川家康黒幕説　④毛利輝元・足利義昭・朝廷黒幕説　⑤堺商人・徳川家康黒幕説　⑥上杉景勝・羽柴秀吉黒幕説　⑦徳川家康・イギリス・オランダ黒幕説　⑧足利義昭・羽柴秀吉・毛利輝元黒幕説
4. 従犯存在説 ①近江土豪連合関与説　②長曾我部元親関与説　③濃姫関与説　④光秀の妻関与説　⑤羽柴秀吉関与説

出典：『別冊歴史読本 54　完全検証　信長集殺』（新人物往来社）

近年注目を集めているのは「黒幕説」である。

たくさんの人たちがこの解明に懸命だ。

私もこのミステリーにとりつかれた一人である。

本能寺の変を読み解く資料の第一が、太田牛一の「信長公記」である。

現在、太田牛一の自筆本・写本を所蔵しているのは、岡山大学付属図書館池田家文庫・尊経閣文庫・建勲神社である。

記された時期は、慶長十五年（一六一〇）で首巻と一巻から十五巻である。

しかし、全てが自筆でなく多くが写本である事に注目すべきである。

次に小瀬甫庵《おぜほあん》の「信長記」である。

甫庵は、池田恒興・宇喜多秀家・豊臣秀次・堀尾吉晴・前田利常に仕えた。

大田牛一の「信長公記」に触発されて「信長記」を江戸初期の寛永十年（一六三三）頃に「太閤記」と共に刊行している。全十五巻である。

小瀬甫庵《ほあん》は、信長に仕えた事がないので信憑性に欠ける。

その他、信長に関する史料は、当代記、日々記、兼見卿記、言経卿記、多聞院日記などがある。

私がもっとも注目したのはルイス・フロイスの「日本史」である。

フロイスはポルトガルのリスボン生まれでイエズス会の宣教師として永禄六年（一五六三）に来日した。

信長は前年に家康と清州同盟を結び、小牧城に居城を移した時期である。

フロイスは信長との会見を十八回行って、多くの戦国武将たちと面識を持った。

フロイスの「日本史」は改ざんが困難で、写本ではなく時の権力者の影響がないところを重視して史料の信憑性《しんぴょうせい》が高いと判断した。

フロイスは信長について次のように書いている。

「極度に戦いを好み軍事的修練にいそしみ名誉心に富み、正義において厳格であった。神および仏のいっさいの拝礼尊崇並《はいれいそんすうなら》びにあらゆる異教的占卜《うらない》や迷信的習慣の軽蔑者《けいべつしゃ》であった。」


太田牛一は四十二歳のとき一人の英雄の物語を一冊の本にした。

「信長公記」第一巻の書き出しは永禄十一年（一五六八）十月十四日、信長が天下統一を目指して上洛した時から始まっている。

「信長様にお会いしたいと都の人々が大勢集まり　信長様が滞在する屋敷の前は市場が出来たかのようだった。」

炎の真実●目次

一、甲斐武田氏征伐

『われなんどは木曽路を上らしませ！』《お前は木曽路を帰れ！》

天正十年（一五八二）四月十一日（新暦：五月二十八日）柏坂《かしわさか》、紅花がいちめんに咲いて、空が抜けるような五月晴れの季節だった。

周りは甲斐の峰々である。

甲斐の武田勝頼を滅ぼした信長は、家康の三河領内を通り富士山を見学して帰ることにした。

このとき、同行を願い出た公家の太政大臣（前関白）近衛前久《このえさきひさ》は信長の甲高いこの言葉に絶句した。この言葉が後の本能寺の変の引きがねとなった。

三月五日、信長は安土城を出陣し、翌六日に呂久《くろ》の渡しにて高遠城主仁科盛信（武田勝頼の弟）の首を検分して長良川の河原にさらした。

三月十四日、浪合《なみあい》に着陣した。

『これが四郎（勝頼）の首か、意外と小さいのう！』

『京へさらせ！』

勝頼三十七歳、長男の信勝は十六歳、勝頼父子の首実検をして京都に送った。

三月十九日、信長は上諏訪の法花寺に入って四月二日まで滞在した。武田征伐の祝宴がまさに始まるとき、織田信忠から注進が入った。

『なに、寺に六角次郎が逃げ隠れたと申すか。』

臨済宗妙心寺派の甲斐武田氏の菩提寺の恵林寺《えりんじ》に六角次郎を匿《かくま》ったことが発覚した。

《㊟六角次郎とは南近江の六角義賢（承禎）の子である。》

『六角次郎は仏にすがりし者、お渡しできぬ！』

と快川紹喜《かいせんしょうき》長老は申して居ります。

『恵林寺をいかに成敗いたしましょう。』

信忠から恵林寺の処置について伺いがきた。

信長は即座に言った。

『燃やせ！』

祝宴に列席の諸将に戦慄が奔《はし》った。

明智光秀が信長の前に進み出て、

『上様、この程、宿敵武田征伐まことにおめでとう御座います。我らも骨折り甲斐が御座いました。この目出度きときに恵林寺の成敗はお止め下さい。恵林寺は名刹にして、快川紹喜長老は先年、帝《みかど》より円常国師を下賜《かし》された名僧でございます。』

近衛前久も言った。

『麻呂《まろ》からもお頼みじゃ！』

信長は鋭い冷たい目で光秀に言った。

『光秀、お前、いつどこで骨を折ったか申してみよ！』

『お蘭、このキンカン頭を打て！』

蘭丸（森長定）が光秀の額を扇子が壊れるほど何度も打った。光秀の額から血が滲《にじ》んだ。

『帝より円常国師《えんじょうこくし》を下賜《かし》された名僧だから成敗はやめよと申したな！』

『帝が下賜した国師なら寺を焼かれても六角次郎を匿《かくま》うと申すか。帝とはそれ程に偉いのか！』

『女子《おなご》の衣に幼子《おさなご》が隠れる如き所業を許せと申すか！』

『安土の天主《てんしゅ》に狩野永徳に画かせた絵図の「三皇・五帝・漢高祖図《かんこうそず》」を見たであろう！』

『この国の帝が偉いのであれば、神仏の大神官で残してやるわ！』

そして、信長は近衛前久を睨みつけて言った。

『中国を統一した秦《しん》の王が始皇帝《しこうてい》だ。皇《おう》と帝を合わせたて「皇帝《こうてい》」と称号したのだ！』

『この国の皇帝は、この信長だ！』


そして、四月三日、恵林寺を成敗した。寺内の僧衆を老若百五十人余り残らず集めて山門の二階へ上がらせ、廻りから刈り草を積み、火をつけた。生き地獄の有様であった。しかし、高僧十一人の中の快川紹喜長老は少しも騒がず正座して次の一言を残した。

『安禅《あぜん》必ずしも山水を須《もち》いず、心頭《しんとう》を滅却《めっきゃく》すれば火も自《おのず》から涼《すず》し！』


信長は甲斐を河尻秀隆に、駿河を徳川家康に、信濃のうち四郡を森長可《もりながよし》に与えた。使番の蘭丸（森長定）には美濃国金山《かなやま》で五万石を与えて周囲を驚ろかせた。

滝川一益には上野国を与え厩橋《うまやばし》に在城を命じた。「信長公記」

四月二日雨の中を諏訪より甲斐の大ヶ原に移動して、翌三日に富士山を眺望した。

『よき眺めなり！』

太田牛一が「信長公記」に次の如く書いている。

『まこと稀有《けう》の山なり』

信長は上機嫌であった。


信長が初めて富士山を眺めたのは、永楽十二年十月六日（新暦：十一月十七日）秋から初冬にかけて利休好みの小さな白い茶の花が咲く季節だった。

伊勢国司、北畠具教《きたばたけとものり》を織田軍八万の大軍で和睦《わぼく》させて信長の次男信雄《のぶかつ》を北畠氏の養嗣子《ようしし》にする条件で伊勢を平定した。

信長はその時に伊勢神宮と金剛證寺《こんごうしょうじ》に参拝して朝熊山頂《あさまさんちょう》（五五五ｍ）から富士山を眺めた。

『あの遠く小さく見えるのが富士であるか！』《距離二〇〇キロ》

『いつの日か近くで見たいものよ！』

四月十日、信長は甲府を出発して右左口《うばぐち》に立ち寄った。家康の新しく造った陣屋に入った後は、徳川の厳しい警護の中を遊覧して進んだ。

四月十一日、左右口を出発。柏坂に差し掛かった時、信長の背後から追ってきた者がいた。

『それがしも連れて行って賜《たも》れ！』

公家の近衛前久であった。

信長の官位から云えば本来は馬から飛び降りて返答すべき相手であった。

ところが信長は馬に乗ったまま振り向きざまに、

『われなんどは木曽路を上らしませ！』

信長の態度と言葉には凄味があった。前久ら公家一行が同行すれば家康が気ずかいをすると思っての言葉だった。

信長に罵声を浴びせられた前久ら公家の一団は来た道を中山道へと取って返した。


信長は本栖湖に着陣。

十二日、富士を望みながら駿河の大宮に着陣。

十三日、馬で富士川を渡り江尻城に入る。

十四日、田中城に入る。

十五日、未明から発ち藤枝より大井川を渡り掛川に泊まる。

十六日、天竜川の渡りで家康の心ずかいにさすがの信長も唸った。天竜川は甲府・信濃の大河が集まる暴れ川、川の面が滝のような激流になっていた。家康はその川に舟橋を架けたのである。激流面に舟を繋《つな》いで、その上に板を置いた仮橋だった。天竜川は流れがすさましいために舟橋など尋常では無理である。しかし、家康はそれをやって見せた。大綱を何百も作らせて両岸で数千人の屈強の男がそれを引いたのである。他の男たちは白フンドシを締めて裸で船が濡れぬように盾になった。

『古来より初めてのこと也』

と、太田牛一は「信長公記」に書いた。

沿道の警護も厳しく、泊り土地には立派な宿所を造り、信長の家臣のために千五百軒以上の小屋を建てた。出発するとその材料を解体して到着までにつぎの宿泊地へ運んで組み立てるという手際よさであった。

家康の居城浜松城に入った信長は言った。

『三河どのに、どの様に返礼をしたがよいか、これは思いまどう！』

『予《よ》はこれほどまでの賑々《にぎにぎ》しくもてなされたことはない。古来、いかなる者も、これほどのもてなしを受けた者はいないであろう！』
信長は多いに喜び、とりあえず謝礼として、黄金五十枚、武田征伐ように用意した兵糧米八千余俵を、接待してくれた徳川家の家臣へ贈った。

信長の返礼の口上は次の通りであった。
『三河どのへの返礼は安土で盛大におこなう！』

十七日、吉田に泊まる。
十八日、知立に泊まる。
十九日、清州に入る。
二十日、岐阜城に泊まる。
二十一日に安土に凱旋した。
信長の生涯でわずか十一日間ではあるが、初めての大遊覧旅行であった。
一方、近衛前久ら公家五十騎と下僕百五十人余りは中山道、木曽路を京へ帰った。
西の空に今にも降りそうな真っ黒な雲が見えた。

『信長め、本性を現しおったわ！』
『そうだ、あれは三方ヶ原の戦いからだ！』
前久は一人、呟《つぶや》いて憎悪と侮辱に震えた。

二、三方ヶ原の戦い

徳川家康が武田信玄と戦った三方ヶ原の戦い（元亀三年十二月）は武田勢三万対徳川勢八千に加え、織田信長からの援軍三千を合わせて一万一千の戦いと言われてきた。しかし、近年（二〇一五）歴史家の磯田道史《いそだみちふみ》氏などから徳川・織田軍の数は二万八千ではないかと指摘されている。

前橋酒井家旧蔵聞書には信長の重臣、佐久間信盛、林秀貞、平手汎秀《ひらてひろひで》、水野信元、美濃三人（稲葉一鉄・安藤守就・氏家直元）など九頭とあり、一頭は二千百で、織田軍の援軍二万と記載されている。

武田信玄は、川中島で上杉謙信と死闘を繰り返しながら一方では西上野、東美濃、飛騨へと領土を拡大していった。そして、信玄が次に狙い定めたのは、以前に同盟関係にあった今川領の駿河である。信玄は男盛りの五十一歳。

信玄の駿河進行に対して相模の獅子「顔面に刻む向う傷二筋、身体に刀傷七カ所」の北条氏康は反発して食い止めようとした。上杉・北条・徳川と同盟を結んで三方から包囲する形を取っていた。

ところが元亀二年（一五七一）冬、北条氏康が五十六歳で亡くなって、次男氏政が家督を継いだ。

氏政の正室が信玄の娘であったことから氏政は信玄と同盟を結んだ。

これによって東からの背後の脅威がなくなったことで、元亀三年（一五七二）十月（新暦：十一月）木々の葉が落ちる冷たい風が吹く頃、遠江を手中に収めるべく、信玄は三万の大軍を率いて出陣した。

『京に我が風林火山の旗を立てようぞ！』

信長に擁立されて将軍になった足利義昭は、信長を父と呼んだ。

『御父織田弾正忠殿。

あなたの武勇が天下第一で御座る。当将軍家が再興できたのも、あなたのお蔭です。』

と感謝状を出し、桐紋と引両筋紋を進呈した。

足利義昭は信長の力によって京に上洛を果たした。

一方、信長は元号を天正と推挙したが、足利義昭は将軍の権威を示さんと元亀とした。

その頃から、機内において、朝倉義景・浅井長政・石山本願寺など反織田信長勢力との合戦が激化してきた。

やがて義昭は自分を傀儡《かいらい》将軍にする魂胆を知ると、信長を打倒する決意を固めて各地の諸大名に書状を送って攻撃をうながした。

『信長め、目に物見せてくれよう！』

反織田信長包囲網の朝倉、浅井、石山本願寺がこれに呼応し、信玄もその一翼を担うことになった。

信玄は信長と同盟関係にある家康を滅ぼして京へ上洛し、反信長勢と結んで信長を葬り去ろうとした。

このとき信玄は、甲斐源氏の誇りを基に天下人となる野心を抱いていた。

武田勢三万に対して徳川・織田連合軍は家康八千、信長の援軍二万と合わせ二万八千の数となった。織田軍は信長の命令は籠城作戦であると主張し、家康は野戦を主張して軍議は一致しなかった。

『籠城策をさせよ、挟み打ちじゃ！』

元亀三年（一五七二）十二月二十二日（新暦：一月二十五日）季節は沢の水が氷る頃

であった。

信玄は家康の居城、浜松城から十キロ離れた北東の二股城にいた。大軍三万を率いて天竜川を渡り、秋葉街道を浜松城めざして進軍し、欠下《かけか》から追分《おいわけ》の分岐点で姫街道を美濃方面に方向を変えた。浜松城に大胆にも背向けて素通りした。家康の本拠地岡崎城を攻略して、信長の美濃を目指す構えを見せた。

『人は城　人は石垣　人は堀。』

信玄は本国に壮大な城は築かなかったが、他国の領土の城や砦は巧みに利用した。千曲川には北信濃を支配する海津城(松代城)と軍師・山本勘助が縄張りした小諸城がある。

《㊟城の虎口前面に防御と出撃の拠点なる施設の曲輪を馬出《うまだし》と呼ぶ。この施設を考案したのは信玄である。武田氏は半円形の丸馬出を多用した。北条氏は角馬出を多用した。》

物見によれば三方ヶ原を進軍中であるとの知らせであった。

三方ヶ原は台地であり、勾配は三十メートルから百メートルの高さ、東西十キロ南北十五キロである。家康は当初、籠城《ろうじょう》して対抗しようとしていたが三方ヶ原の台地を信玄軍が下る背後を衝けば勝機があると思った。

このときすでに信玄によって領内の支城はおさえられて奥三河の国人領主は信玄にな

びいていた。

軍議で佐久間信盛、平手汎秀は信長の厳命は、

『籠城でござる！』

と主張した。

『黙れ！　このまま枕をまたがれて通しては、末代まで腰抜けの名を残す。断固野戦に打って出る！』

と家康は言った。

信長のもっとも信任の宿老・平手汎秀に向かって
『それほど命が惜しいならば城内でおびえておられよ！』

『徳川軍だけで戦うわ！』

家康のこの言葉が全軍での野戦と決まった。徳川家康は血気盛な三十一歳であった。

家康の心の内は、

「このまま戦わなければ奥三河の国人たちは、弱腰の家康を見限るに違いない。織田勢は家康の監視役に過ぎないが数は二万ある。戦場に連れ出せば武田勢に数は劣らないではないか。しかも信玄は三方ヶ原の地形を知らない。我（家康）は三方ヶ原の地形を熟

知しているではないか。と考えて野戦と決めた。」

籠城策を捨て積極攻撃策に変更した。三方ヶ原から祝田の坂を下る武田軍を背後から襲うため浜松城から全軍で追撃した。

十二月二十二日、夕刻(午後四時）三方ヶ原台地に到着した。

しかし、徳川・織田軍が見た光景は、武田軍は凛然《りんぜん》とした魚鱗《ぎょりん》の布陣であった。

『何とこれが信玄の陣形か！』《㊟魚鱗《ぎょりん》とは中心が前

三方ヶ原合戦対陣図

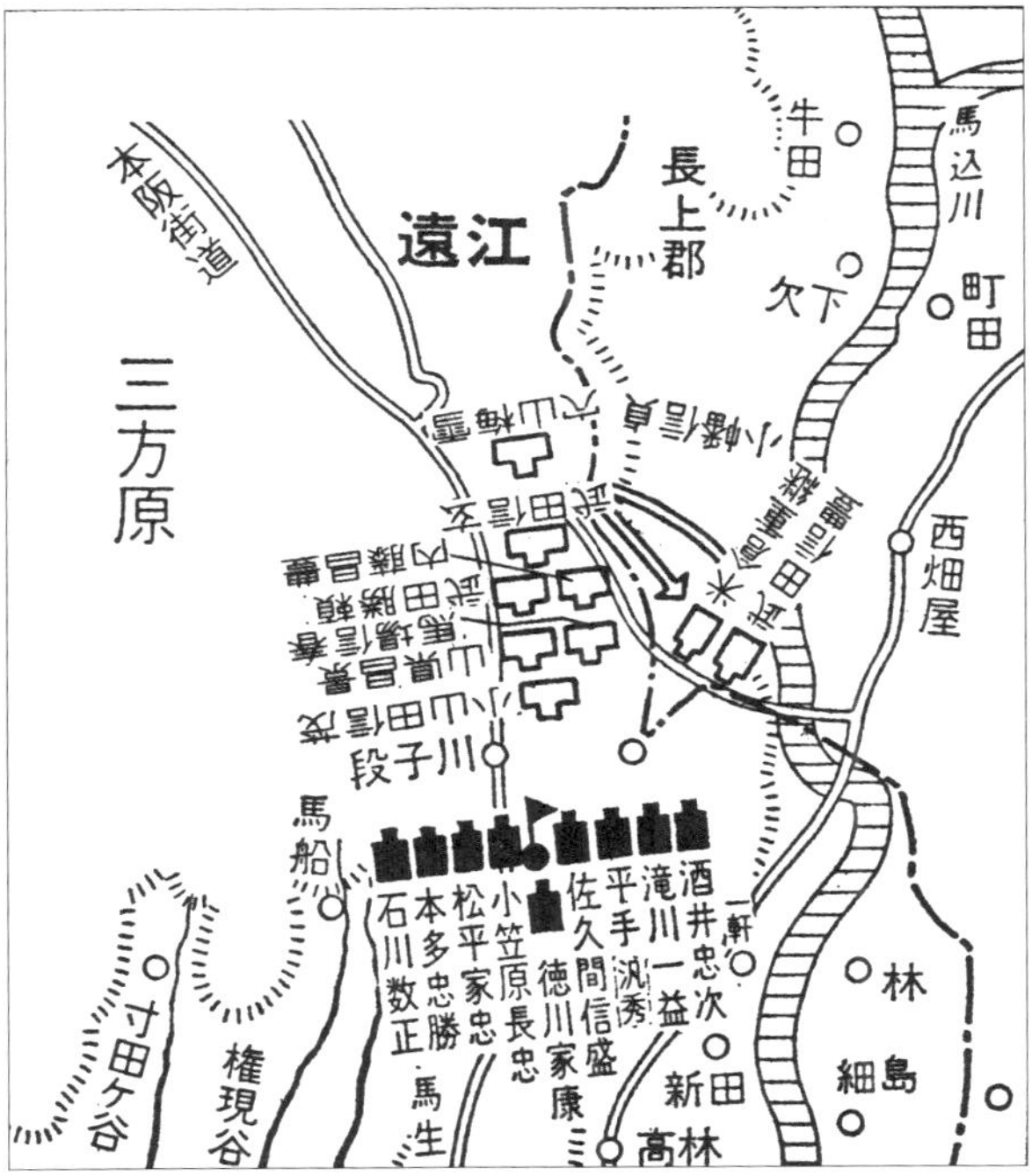

日本の合戦第五巻（桑田忠親：新人物往来社）
織田信長　三方ヶ原合戦対陣図

方に張出し両翼が後退した陣形。》

信玄が布陣した祝田《しゅくだ》の坂は、なだらかに信玄の方に高台になっている。

高台の冬空に雪が舞い北西の強風に紺地に「風林火山」の金文字がちぎればかりになびいていた。

徳川・織田軍は坂を包むように軍勢を横に展開した鶴翼《かくよく》の陣に構えた。《㊟鶴翼とは両翼を前方に張り出して「V」の形を取る陣形。》

『殿、これは危うい、攻撃はお止め下さい。』

徳川軍の偵察隊、鳥居忠広・渡辺守綱《もりつな》らが武田軍の堅固な布陣を見て戦いを諌《いさ》めたがしびれを切らした家康は進撃を命じた。

『ここまで出張って引けぬワー。撃って出よ！』

『松平記』と「柏崎物語」によれば、
戦闘は夕刻（午後四時過ぎ）から始まる。まず武田軍の最前線の小山田信茂隊との間で開始された。
武田軍の巨大な魚鱗隊形が動きだした。戦いの中心は右翼の山県隊と徳川軍の石川数正隊との闘いになった。家康の旗本の一部もこれに加わった。

この時、酒井忠次隊（徳川）と馬場信春隊（武田）とがぶつかり合っていた。一瞬にして、全面戦闘状態になった。武田軍の先鋒小山田信茂隊三千は、足軽に礫《つぶて》を打たせて襲い掛かる。対する石川数正隊二千も負けずに激闘した。徳川軍の外山正重の一番槍隊の鋭さに武田軍は五、六〇〇メートルも撃退され、徳川軍の優勢かと思われた。

しかし、信玄の軍配が、

『サッ！』

振られ太鼓が、

『ドン・ドン・ドン。』

と鳴った瞬間、素早く小山田隊から馬場信春の率いる新手《あらて》が繰り出した。これを見た酒井隊は石川隊をつぶさせまいと馬場隊に食いついた時、武田軍の第二線に居た武田勝頼隊が小山田隊の後退と同時に土煙をあげて猛烈な勢いで徳川勢の側面に襲い掛かる。見る見るうちに徳川勢の敗色が濃くなった。酒井隊も崩れ、佐久間信盛・滝川一益らの援軍も撃退され、大将家康自身も槍を振るって戦場をかけ廻る状態におちいった。家康は旗本と一緒に山県昌景の部隊に切り込んで四〇〇メートルほど追い崩した。ところが、武田軍の反撃があまりにも激しく、家康の目の前で、

『あっ！』

という間に、近習の本多忠真・鳥居信元・成瀬正義・松平康純・米津政信らが討ち死にした。これを見た家康は正気を失い、死を覚悟して敵に反撃しょうと馬の首をたて直したところを近習に諫《いさ》められて正気に戻りやっと退却した。

魚鱗隊形の備えは固く反撃されて戦死するもの数知れず。二俣城を守っていた中根正照・青木貞治らも討ち死にした。

織田勢の先方は、軍議で家康から叱責された平手汎秀が攻めた。

『皆の者、掛かれ、掛かれ！』

『織田の意地を見せてくれようぞ！』

『あっ！』

と叫ぶ間もなく津波の武田軍に飲みこまれ壮烈な討ち死をした。

信玄の見事に統率された戦術に比べ徳川・織田軍の横に広がったバラバラの塊の陣系は蜘蛛の子を散らすようであった。わずか二時間の戦闘で甚大な損害を受けて敗走した。

武田軍の死傷者二〇〇に対し、徳川・織田軍の死傷者は二千を越えた。徳川・織田軍の一方的な敗走の中、鶴翼の陣の中央にいた家康も討ち死に寸前までに追い詰められた。

夏目吉信や鈴木久三郎が身代わりなって、供回りの成瀬吉右衛門、日下部兵右衛門、小栗忠蔵、島田治兵衛など僅《わず》かで浜松城に逃げかえった。家康は敗走の馬上で恐怖のあまり脱糞《だっぷん》をした。徳川軍は鳥居四郎右衛門、成瀬藤蔵、本多忠真など有力な家臣が討ち死にした。

『すべての門を開けよ、篝火《かがりび》は絶やすな。』

浜松城へ到着した家康は、全ての城門を開いて篝火をたいた。

味方の収容をはかり、「空城《くうじょう》の計《けい》」を行った。

浜松城の堀の幅は十一メートル、深さは三メートルの堅城であった。

浜松城まで追撃してきた山県昌景隊は警戒心を募らせて城内への突入を断念して引き揚げた。

信玄は浜松城近くの犀ケ崖《せいがかけ》まで攻め寄せたがその場から立ち退いた。

『勢いに乗って浜松城を攻め落とそう！』

と進言する諸将もいたが

『背後の信長の謀り事がまだ読めぬ。読めぬうちは手を出せぬ。全軍引き揚げじゃ！』

信玄の戦いの極意として、

「勝利は五分を上し、七分を中とし、十分を下とする。」《㊟五分は励みを生み、七分は怠《おこた》

りを生む、十分は驕《おご》りを生む。》

信玄が予測した通り、信長は白須賀に毛利秀頼、山中と吉田に美濃三人衆（稲葉一鉄・安藤守就・氏家直元）計一万余りの将兵を待ち伏せさせていた。

『まだ使いはこぬか！』

武田軍が分断して浜松城を占拠しようとしたら、信長が陣頭に立って二万五千の兵馬をもって、武田軍を挟み撃ちしようと待機していたのである。

家康は人生最大の危機の自画像「しかみ像」を絵師に描かせ、湯漬けをかき込むと大いびきをかいて眠った。

家康は生涯この「しかみ像」を手元に置いた。

『この家康、今日のこと生涯忘《しょうがいわす》れぬ。』

この時以来家臣に対する接し方を改めた。家康の身代わりに多くの家臣が死んだ。

『宝の中の宝は人材である。家臣こそ我が宝！』

と心に刻んだ。

一方の信玄は本国（甲斐）の家臣に宛てて次の様な書状を送った。

「この節信長滅亡の時節到来候、ぞんざい弱わし！」

武田軍は年を越して元亀四年一月十一日に東三河の徳川の武将・菅沼定盈《すがぬまさだみつ》が守る野田城を攻略した。急を聞いた家康は野田城を救おうと笠頭山《かさがしらやま》に出陣したが、武田軍の大軍に身動きもできず野田城はあっけなく落城した。信玄の元には松永久秀や本願寺光佐などから三方ヶ原の祝賀が届いた。しかし、不運にもこの頃、信玄は結核と胃がんに悩まれていた。

剛気な信玄も熱と激しい吐血に苦しみ三河の鳳来寺《ほうらいじ》で静養したが一向に回復しないためいったん甲府に引き揚げることにした。その道中、信州伊那郡駒場《いなぐんこまば》で戦国の最強軍団を創った男は息をひきとった。享年　五十三歳。

元亀四年（一五七三）四月十二日（新歴：五月二十九日）サツキツツジがいちめんに咲き田植えが始まる季節であった。

信玄の死はもう一説あって「柏崎物語」によれば、野田城の徳川軍の兵士に伊勢の松坂生まれ、松村芳体《ほうたい》と名乗る横笛の名手がいて、毎夜笛を吹いていた。信玄は音色に興味を持ち城壁近くまで足を運んで楽しみに聞いていた。これを目ざとく見つけた城兵が鉄砲で狙い撃ちした。

玉は急所をそれたが耳を貫いた。

信玄はそばに『ドッ！』と倒れ、この傷がもとで病死したともある。

信玄は、死に臨んで重臣・山県昌景《まさかげ》を呼び寄せ、

『我が死は三年、口外におよばず。兵馬を養い、武田の旗を瀬田に立てよ。わが身は鎧を着せて諏訪湖に沈めよ！』

と遺言を残した。

信玄の遺言に従って、その喪《も》を秘《かく》し、三年を経過した天正四年（一五七六）の四月十六日、甲斐の恵林寺《えりんじ》で大葬儀を行った。


家康が信玄の死報を聞いて次のように云った。

『隣国に強敵がある時は、自分の国でも万事油断なく心を遣《つか》う為、政治も正しなり武備のたゆむことなし。今日信玄が死んだことは味方の不幸であり喜ぶことではない。』

家康は本能寺の変の後、武田軍の家臣を多く採用した。

しかし、信玄の死報は早くも十三日後に越後に届き五度も川中島で戦ったライバルの上杉謙信の耳に入っていた。

『なに！　何と！　あの信玄が死んだとは無念である。』
信玄の死は天下の形勢を急転させた。

三、長篠の合戦

JR東海道本線豊橋でJR飯田線に乗り換えて無人の「長篠城」駅で下車。徒歩で八分するとまず強烈な看板が目に飛び込んでくる。

フンドシ姿で磔《はりつけ》をされている屈強な男の看板である。

男の名前は鳥居強右衛門《とりいすねえもん》、ここは長篠の合戦の長篠城祉史跡である。

『長篠の戦いによる論争は、第二幕が始まろうとしている。歴史ファンのみならず、読書人はこれに注意せねばならぬ。』

二〇一四年三月十六日の毎日新聞の朝刊に歴史家、磯田道史氏（静岡文化芸術大学教授）の文章である。

長篠の戦いについては、織田信長軍が鉄

鳥居強右衛門の看板。

長篠城祉。

砲三千挺を千挺ずつ交替、交替で射撃するという「三段撃ち」で武田勝頼軍の騎馬隊を撃破したというのが「通説」だった。ところが近年、これに疑義を唱える研究が多く出て、大方の支持を得た。

この「通説否定」とはつぎのようなものである。

① 織田軍の鉄砲は三千挺ではなく千挺である。

② 鉄砲の「三段撃ち」は信憑性《しんぴょうせい》の低い『甫庵信長記』の記述を、参謀本部編の『日本戦史・長篠役』がひろめたものである。

③ 武田軍には騎馬だけで偏成された騎馬隊などなかった。

④ 馬体が小さい日本の在来馬では、騎馬突撃は無理だから下馬して戦った。《再検証　長篠の戦い　藤本正行》

天正三年（一五七五）五月二十一日、織田・徳川連合軍三万八千対武田軍一万五千の合戦だ。

戦国最強の軍団を創り、京に「風林火山」の旗を立てるべく快進撃した武田信玄は、上洛にいま一歩のところで死去したのは二年前であった。

二十八歳で家督を継いだのは武田勝頼である。

「勝頼公は国を破滅させた。」

と「甲陽軍艦」に記載されているが、果して本当に勝頼は愚将であったのだろうか。

次のような話が残さている。

勝頼は夜分入浴中に土地の者が訴訟を持ち込んできたとき、早々に入浴をやめて訴訟の裁定をおこなった。

又、信玄以来の重臣が意見をしたが、

「勝頼の為の意見であればかまわない。」

と起請文を出した。

重臣たちは、信玄とともに国を大きくしたという自負があったので勝頼の意見はなかなか通らなかった。それは家督の継承にあった。

嫡男の義信は、信玄に背き廃嫡になり、次男は病死、三男は僧侶になって四男の勝頼が継嗣《けいし》となった。《㊟三男は身体が不自由のため僧侶になった。》

勝頼は当初、信玄が滅ぼした諏訪家を継で諏訪四郎勝頼と名乗っていた。

信玄の逝去によって諏訪勝頼が、家督を相続し武田勝頼となった。

武田家を継承することは「争いなき家督の簒奪《さんだつ》」と見なされたのである。信玄以来の武田家重臣と勝頼の側近(新重臣)にあつれきがおきて勝頼は「求心力」をもとめられた。

信玄の死の翌年天正二年（一五七四）一月、勝頼は織田信長の領土・東美濃に侵略し四月には、徳川家康の遠江に侵攻して十八の城や砦を落とした。父・信玄も落とせなかった難航不落の高天神城（静岡県掛川市）を攻略した。世間では「城取り四郎」と噂し武田軍（勝頼）は連戦連勝だった。

織田信長書状（上杉謙信宛）
「四郎（勝頼）若輩ながら　信玄の掟を守り　油断義なく候《そうろう》」
信長は武田勝頼を恐れていた。

天正三年四月、勝頼は恵林寺で信玄の三回忌の大法要を行い、徳川家康の三河領へ武田軍一万五千で侵攻を開始した。

『父上の遺言により、これより瀬田に武田の旗を立てようぞ！』

五月一日に長篠城攻略のため城の周りの山々に砦を築いた。

長篠城は三河から信濃への入り口の道中で要衝地であった。城の南面は宇連川、西面は豊川でともに五十メートルの断崖、本丸を守る一方は、二重の内堀を造り堅城である。

長篠城主は弱冠二十一歳の奥平貞昌、城兵五百人で守っていた。奥平氏は戦国時代の弱小豪族で、今川・武田・徳川といった戦国大名に従属しながら生き延びてきた。この時は武田氏より離脱し徳川氏に走った。家康は長女亀姫を嫁がせるという好条件で奥平氏を寝返らせたのであった。武田氏に出していた人質は処刑され奥平貞昌は、徹底抗戦しかない状況であった。


五月三日夕刻に徳川家康から織田信長のもとに援軍の要請がきた。

「武田勝頼、大軍にて長篠城を包囲、援軍の助成を願いたく候《そうろう》」

と書状にはあった。

そして、使者の口上は次の通りであった。

『直ちに助成なければ我ら（徳川）は武田と組、信長公の背後を襲い申す！』

重要拠点の高天神城を武田勝頼に奪われたとき、信長に援軍を要請したが援軍の到着が遅れて高天神城は勝頼の手に落ちた。

家康にとっては、長篠城を占領されると、三河国を岡崎城と浜松城に分断されてしまい死活問題であった。

信長は使者を睨みつけて雷の落ちるような声で言った。

『あい分かった！』

「援軍いたす。三河の国中の鋤《すき》、鍬《くわ》と掛け矢を集めて到着をしばし待て！」と書状を持たせた。《㊟掛け矢とは大形の木鎚《きづち》》

武田・徳川・織田の三氏の石高と動員の兵力を比較すれば次の通りとなる。

武田は百三十三万石で兵力は三万三千人動員できる。

徳川は四十八万石で兵力は一万二千人動員できる。

信長は将軍、足利義昭を追放し、浅井・朝倉を滅ぼして、四百五万石で兵力は十万人動員でき、当時最大の戦国大名であった。

《㊟一万石につき二百五十人動員できる計算をする。信長は元亀二年（一五七一）度量衡《どりょうこうばかり》の統一の一環として、奉公人の焼き印や花押を押した「判枡」で衡《はかり》を統一した、後に秀吉が太閤検知したのである。》

五月十三日、信長は三万の大軍で岐阜城を出た。すべて兵士の肩には柵の材料（杭・横材・縄）が担がれていた。

五月十四日、信長は岡崎城に到着した。迎えに出た家康は見たとたんに唸った。

『これ程《ほど》の数をなんとする！』

兵士の肩に担がれている柵の材料の数に驚いた。

信長が十日も待たせた訳と「信長の意気込み」を理解した。

『三河の弟（家康）よ、待たせたな！』

と信長は言った。


武田軍が五月八日より連日攻撃したが奥平の城兵はよく防いだ。

五月十四日、武田軍は総攻撃を仕掛けてきた。

『掛れ、掛れ！　城はもうすぐ落ちる。』

『ドン、ドン。バァオーン、バァオーン。』

武田軍は城に猛攻をかけ、三の丸の瓢曲輪《ふくべくるわ》を落とし、兵糧庫は奪われて食糧はあと四、五日分だけとなった。

城内では、緊急にすべての兵士を集めて評定が行われた。

『このままでは徳川殿の援軍、到着までに城は落ちよう。皆の者、誰でもよい意見を申せ！』

『一刻も早く、徳川の殿に知らせねばならぬ。』

若い奥平貞昌は、悲壮な顔で救援を求める使者を出すことを決めた。

下座の足軽が言った。

『この使者は宝飯《ほうしゅく》の河童《かっぱ》しかできまい。』

『あの川を泳げるは強右衛門《すねえもん》だけだ。』

鳥居強右衛門《とりいすねえもん》は「宝飯《ほうしゅく》の河童《かっぱ》」と言われる程、泳ぎが得意であった。

強右衛門《すねえもん》は奥平貞昌の直臣ではなく、三河国・宝飯の生まれの足軽である。

田植えが終わり長篠城には出稼ぎに雑兵として来ていた。

『鳥居強右衛門《とりいすねえもん》はいるか、前に出よ！』

『は、はー。』

『皆の命をその方に預ける。』

強右衛門《すねえもん》はその場の雰囲気と何故か胸に込み上げる熱い思いで言った。

『この鳥居強右衛門《とりいすねえもん》の命、殿と皆にかけ申す。』

その夜、強右衛門《すねえもん》は徳川家康に救援を求める使者として、梅雨どきの増水の寒狭川《かんきがわ》に城の厠《かわや》の下水口のところから排泄物と供に泳ぎでた。

寒狭川から豊川を下ること四キロで陸地に上がり十五日の早朝、雁峰山《がんほうざん》で狼煙《のろし》をあげて岡崎へ五十キロ走った。

岡崎城には織田信長も到着していた。

家康は喜んで強右衛門《すねえもん》を織田・徳川の重臣の前で、

『信長公に報告いたせ』

と引き合わせてくれた。

信長は白い瓜実の顔であるが、鋭い目で強右衛門《すねえもん》をみつめて、甲高い声で言った。

『強右衛門《すねえもん》とやら、よくやった。恩賞を楽しみにしておれ！』

『は、はぁー。』

強右衛門《すねえもん》は敷板に埋まる程、平伏した。

天下の信長から足軽が直接に褒めてもらえて、天にも昇る思いであった。

そして信長の次の言葉にビックリした。

『安心いたせ、予は三万の大軍を引き連れて来たぞ！』

周りの人々も感動し強右衛門《すねえもん》を称賛《しょうさん》して、使者の使命は終り休養を勧めた。

強右衛門《すねえもん》は奥平貞昌の重臣でも直臣でもないのに何故か身体に熱いものが湧いてくるのを抑えられなかった。

『この事を殿と皆に一刻も早く知らせに戻ります！』

強右衛門《すねえもん》は反射的に言ってしまった。

「恩賞」でも「名誉」で無い。何か別な、オトコ義だった。

信長も家康も止めたが強右衛門《すねえもん》は粥《かゆ》を掻《か》き込むとすぐに引き返した。


十六日の朝、雁峰山《がんぽうざん》で「援軍来る」の狼煙を三発上げて長篠城の対岸まで来た。

強右衛門《すねえもん》は武田の足軽の軍装を着ていたが、厳重に警戒する兵士に呼び止められた。

『お前は甲州者か。』

『そうだがヤー。』

兵士の質問に三河なまりの返答が怪しまれて捕えられた。

ただちに武田勝頼の前に引き出された。勝頼は堂々たる若大将であった。

『援軍はこない。城を明け渡せば、奥平貞昌と兵を武田家は厚くもてなす。と城に向かって叫べ。』

勝頼は
『貴公を武田家では、高禄で召し抱える。』

と言いた。

『あり難きことで御座ります。』

強右衛門《すねえもん》は快諾《かいだく》した。
強右衛門《すねえもん》は城の二の丸近くに立たされた。
この時城は、本丸と二の丸だけしか残っていなかった。
長篠城がにわかに騒然として、強右衛門《すねえもん》の姿に注目して静寂がおとずれた。
強右衛門《すねえもん》は力一杯の声で叫んだ。
『援軍は来るぞー。この目で見てきた。あと二、三日、堅固に守れ！』
叫びが終わると同時に監視の兵士に取り押さえられた。
即座に対岸の篠場野の地に連れていかれフンドシ姿の裸で磔にされた。
強右衛門《すねえもん》は辞世の句を残した。
「わが君の命に代わる玉の緒《お》を　などいとひけん武士の道」
長篠城の露と消えた鳥居強右衛門《とりいすねえもん》は、男盛りの三十六歳であった。

十八日、織田・徳川連合軍三万八千は、設楽原《したらがはら》に到着して陣をしいた。信長は北に雁峰山《がんぽうざん》がそびえ、南に断崖が続き、豊川が流れて側面攻撃ができない場所、設楽原に二十町余り柵を築いた。
同日（十八日）武田勝頼は軍議を行なった。「甲陽軍艦」によれば信玄依頼の重臣の内藤昌秀・馬場信春・山県昌景たちは進言をした。

『敵は大軍、撤退なさるべし、もし追撃してくれば領内（信州伊那谷の天険）で一戦なさるべし！』

『敵に背を見せるのが恥ならば長篠城を奪いここで迎撃すべし！』

と馬場信春は意見した。しかし、

『ただちに平原にて一戦なさるべし！』

側近の跡部勝資《あとべかつすけ》・長坂釣閑斎《ながさかちょうかんさい》たちは主張して一歩も譲らない。

勝頼は三つの選択肢を求められた。勝頼の心内を覗いてみよう。
①領国に撤退すれば武田軍は無傷。しかし、信長・家康を叩くチャンスを逃してしまう。
②長篠城で迎撃する。力ずくで城を奪い、城を拠点に合戦すれば信濃からの補給路も確保できて自給戦も可能である。しかし難点がある。力ずくで攻めれば味方の損傷は甚大《じんだい》である。
③攻撃こそが最良の策ではないか。我が武田軍は日ノ本一の最強軍団だ。重臣たちも我が力を認めるであろう。
『見ておれ信長め、撃破してくれよう！』

勝頼は③を決断した。

『御旗《みはた》、楯無《たてなし》も御照覧《ごしょうらん》あれ、明日は是非一戦に勝敗を決すべし！』

勝頼は武田家の家宝である日本最古の御旗《みはた》（日本旗）と楯無《たてなし》を大鎧の前で宣言した。

武田家では、この家宝の前での誓いは絶対的なもので誰も反対出来なかった。


五月二十日、早朝に勝頼は、宇連川の向こう岸の山に、長篠城の監視と後方の抑えとして五つの砦に一千の兵を置いた。重要な鳶《とび》が巣山《すやま》砦に信玄の弟、武田信実、萩場野《はぎばの》として長篠城監視隊に小山田昌茂の二千を置いて、本隊の一万二千で設楽原に進出してきた。


天正三年五月二十日付　勝頼の書状（家臣に送る）「東京大学蔵」

「敵失行之術　一段遍迫之体　遂本意」

『敵は攻める手立てを失っている　今こそ本意を遂げたい。』


一方、織田・徳川連合軍も五月二十日、軍議を行なった。

『奇襲隊で武田軍の後ろ五つの砦を襲うべし！』

と酒井忠次が意見した。酒井忠次はこのとき四十九歳、徳川軍の重鎮《じゅうちん》、東三河衆を率いていた。

『左衛門尉《さえもんのじょう》やってくれるか、選りすぐりの鉄砲衆三百あずける。』

『兵部《ひょうぶ》（織田軍目付：金森長近）、左衛門尉の差配よく見ておれ！』

と信長は命令を下した。

その夜、酒井忠次は四千の中に、徳川鉄砲衆二百、織田鉄砲衆三百計五百で大雨の中を移動し豊川を渡り、「渡河」・「舟着山」の裏をまわって五つの砦の背後の山中に潜み、夜明けを待った。


五月二十一日、（新暦：七月九日）梅雨が明け白南風《しらはえ》の風が吹いて、野に咲いている昼顔《ひるがお》の花が鮮やかだった。

設楽原は長篠城の西方約四キロ、寒狭川の流れを渡って山道を行くと、丘と丘との間に挟まれた南北に細長い土地に出る。

その土地は北の雁峰山から南の豊川に向かって低い。二つの小川が二町（約二千四百メートル）ほどの距離を平行して流れ、下流は川幅の狭い連子川《れんこがわ》となって豊川に注いでいる。昨日の大雨で連子川は、水嵩《みずかさ》が増して隣接する田に水が入り大川のようになっていた。

信長はこの場所に馬防柵と土塁《どるい》、切岸《きりぎし》を設営した。馬防柵は、連子川の五十メートルほど西側に離れた場所に平行に二重、三重して各所に出入り口を設けた。背後は小高い雑木林になっていた。

一方、勝頼は寒狭川《かんきがわ》を渡り清井田原《きよいたがはら》の高地に本陣三千を置いた。前線の中央に武田信廉《たけだのぶかど》・三千の兵を置き、右翼に馬場信春・土屋昌継《つちやまさつぎ》以下三千の兵を配し、左翼には赤備え山県昌景・内藤昌豊以下三千を配して十三段の鶴翼《かくよく》の陣を布いた。《㊟赤備えは後に井伊家が継承する。》

最前線は信玄時代の古参の重臣で固め、日ノ本一の最強を自負する名将たちであった。

信長は本陣を茶臼山《ちゃうすやま》に置き、柵の左翼に織田軍、佐久間信盛・丹羽長秀・羽柴秀吉・滝川一益を配し、右翼に徳川軍、石川数正・本多忠勝・榊原康政・大須賀康高・後備に大久保忠世の鉄炮衆三百を右翼の柵の外に配した。南北の二十町余り（二千四百メートル）の柵には、鉄炮衆を内外に二重、三重に配置した。家康は中央のすぐ後方の弾正山（高松山）に本陣を置いた。

設楽原。

「信長公記」によれば、

「敵方へ見えざる様に御人数、三万ばかり立ち置かる」

信長は戦闘隊を後方の雑木林に武田軍に見えないよう巧みに隠した。

「信長は、家康が陣取った高松山という小高い山に登り、敵方の動きを見て、命令するまで決して出撃しないようまえもって全軍に厳命した。鉄砲千挺ほどを選抜し、佐々成政・前田利家・野々村正成・福富秀勝・塙直政《ばんなおまさ》を指揮者とし、敵陣近くまで足軽隊を攻め掛らせて敵方を挑発した。」

長篠合戦対陣図

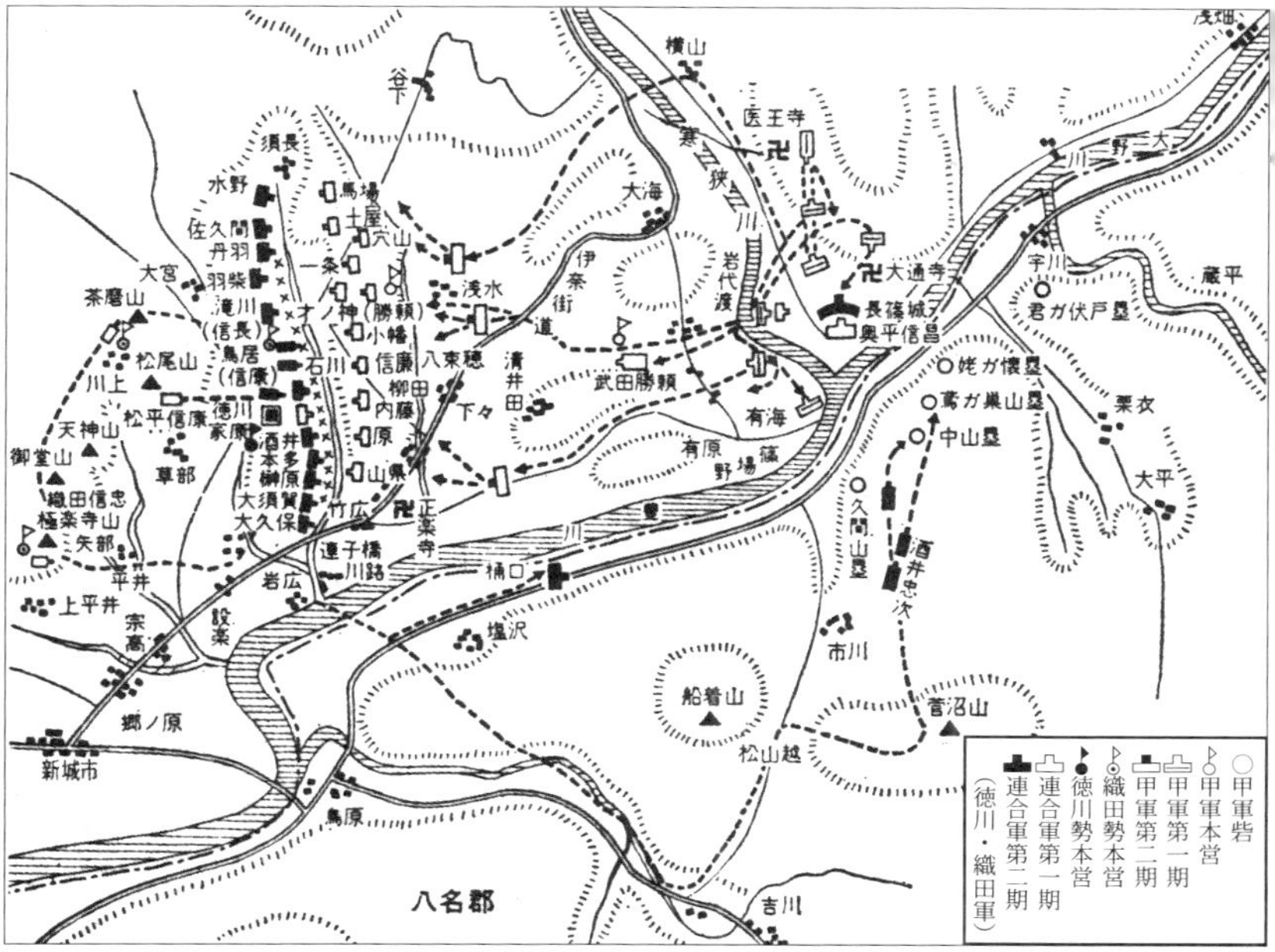

日本の合戦第五巻（桑田忠親：新人物往来社）
織田信長　長篠合戦対陣図

とある。

また、小瀬甫庵の「信長記」によれば、

「かくて五月二十一日の夜も、ほの〴〵と明けゝれば、信長公先陣へ御出あって、家康卿と御覧じ計られ、兼ねて定め置かれし諸手のぬき鉄砲三千挺に、佐々内蔵助、前田又左衛門尉、福富平左衛門、塙九郎平左衛門尉、野々村三十郎、此の五人を差添へられ、敵馬を入れ来れば、際《あいだ》一町までも鉄砲打たすな。間近く引請け、千挺づゝ懸け、一段づつ立ち替り〳〵打たすべし。」とある。


長篠・設楽原の合戦で鉄砲の数が論じられている。千挺づゝ懸け、一段づつとは一隊づつのことである。三段とは三列ではなく三つの鉄砲隊のことである。武田軍が攻めてくる道沿いに鉄砲隊を厚く配備した。泥濘《でいねい》の田んぼが面する処には、武田軍が攻め寄せる兵が少ないと判断し、鉄砲隊を薄く配備した。武田軍の攻め寄せる兵の多いポイントに絞り、鉄砲隊を中心とし、弓矢隊でカバーして迎え撃った。優勢となった時には、馬房柵から長槍隊が出て戦って大戦果をあげた。

信長は鉄砲隊を結成するにあたり、この合戦に参加をしない配下の武将に宛て、鉄砲兵を選抜して派遣するよう命じている。

「鉄砲千挺ほど選抜し」とあるのは数千挺が配置されていたに違いない。

信長は鉄砲の生産地の国友村（滋賀県）や根来（和歌山県）を手中し、堺の湊《みなと》を抑え南蛮貿易で火薬・鉄砲玉をふんだんに輸入することが可能であった。

信長の軍事装備の背景を考えれば、鉄砲や使用する火薬・鉄砲玉も武田軍を圧倒し疑う余地はない。

五月二十一日（新暦：七月九日）この季節は夜明けが早い。

『皆、一斉に攻撃せよ！』

『ドン、ドン、パーン、パーン。』

午前五時頃、酒井忠次の率いる奇襲隊四千は、武田軍の五つの砦に一声に鉄砲を打ち込み奇襲を掛けた。五つの砦を守る武田信実《たけだのぶさね》以下一千は、必至に防戦したが指揮官はほとんどが討ち死にした。《㊟余談ではあるが天下の御意見番の大久保彦左衛門は、この合戦が初陣で功名をあげた。》

この攻撃の激しい鉄砲（五百挺）の音を聞いて設楽原方面の武田勝頼は、本隊に戦闘開始を下した。

戦闘は右翼の大久保忠世と山県昌景の開戦がきっかけとなった。

勝頼は開戦二時間模様眺めをしていた、そこに伝令が入った。

『兵庫頭《ひょうごのかみ》（武田信実）以下ほとんど討ち死に！』

勝頼は愕然《がくぜん》とした。五つの砦が陥落《かんらく》してしまった。織田・徳川の奇襲隊が背後から襲ってくる。前にいるのは織田・徳川の本隊、兵の数は一万程度と見える。

ならば背後の兵の数は二万以上で挟み撃ちの作戦か。

勝頼の心の内を覗いて見よう。

『敵方は、馬防柵を頼みとして数千の鉄砲隊を主力とする一万の兵である。攻撃か、撤退か。』

『奇襲隊が到着するまでしばらくは時間がある。我が軍（武田軍）本隊一万二千は只今、無傷ではなか。先年（二年前）の三方が原の合戦のときは徳川・織田軍を完封《かんぷう》なきまで破った日ノ本一の精鋭だ。多少の損傷は覚悟の上、総攻撃しかあるまい！』

勝頼は総攻撃を決断した。

近年（二〇一五）興味深い発掘と検証がなされた。

武田（信玄）館跡から当時の馬の骨格が発掘（甲府教育委員会蔵）された。

馬の体高は百三十センチである。サラブレッドの体高は百六十センチが平均である。

武田館跡から発掘された馬を日本在来種の木曽馬に見ることができる。

そこで、百メートルの走力を検証した。走力の検証は騎乗の人が六十二キロに武具・刀・槍等三十キロの重量を加え合計九十二キロを乗せて検証された。

サラブレド（アメリカ産）馬は十一・二十七秒。

木曽馬は十二・〇秒である。

サラブレドに引けを取らない結果であった。

木曽馬は膝から下が短く足まわりが良くアップ・ダウンにも適している。

そして、鉄砲の射撃と射撃の最短の時間も検証された。


三段撃ち（三列に並び、一例が撃つと二列目が交代して、撃ち三列目と交代する。）は約二十一秒。

受け渡し式（三名の補助で受け渡して火薬装填、玉込めをする。）は約十五秒。

輪番撃《りんばん》ち（三列で先頭は中腰、二列目は少しずれて立つ、三列目はまた少しずれて立ち全員移動しないで順番に狙撃する。）は約十三秒であった。

信長は輪番撃ちを採用し、鉄砲連射の間隙の補充は弓隊でおこなった。

鉄砲の有効射程は五十メートルである。設楽原の合戦は連子川と馬防柵まで約五十メートル、馬の走力時間は約五秒から六秒である。織田・徳川連合軍は二列・三列で鉄砲に玉を装填して武田軍が連子川を超えるのをまった。

武田軍には騎馬衆があった。しかし、アメリカ映画のような奇兵隊ではなかった。騎乗兵に二名から三名の補助兵（馬の世話係）が付いたこのような数百の軍団で構成されていた。

武田軍は川中島の戦いに三百挺の鉄砲をいち早く使用した記録が残っている。しかし、武田信玄は実戦では役に立たないと判断した。

火縄銃は雨の時は使用できなし、火薬と玉詰めに時間が掛かり野戦ではあまり役に立たないと判断した。

最初の一発を交わせば敵兵はそのまま突撃し、倒すことが出来る。

信玄は野戦では竹で作った盾を持たせて二発目までに突入する戦法をとった。

勝頼は信玄の戦術を真じかで見ていて、同じ判断をしていた。それに武田軍は長篠城攻めで多くの火薬・玉を消耗して手元に十分に装備が残っていなかった。

武田軍の戦術は最前列が強兵の長槍隊で攻撃し、その後ろが機動力のある騎馬衆の部隊とした。武田騎馬衆は騎乗での槍、刀の扱いに慣れていた。

一方信長は元亀元年（一五七〇）九月以来、大阪石山本願寺を攻撃していて、寺内にたてこもった雑賀鉄砲衆の二千、三千挺の鉄砲の集中射撃に悩まされていた。

雑賀衆の中には金だけで請負をする鉄砲傭兵軍団がいた。

津田監物《つだけんもつ》の率いる傭兵軍団だった。

彼らは鉄砲の硝薬の調合、湿度や天候時の工夫や射撃時間の短縮についても取得していた。

信長はこの傭兵を大金で雇って、監物の鉄砲傭兵軍団から鉄砲の硝薬の調合、湿度や天候時の工夫や射撃時間の短縮ついても全て取得した。特に、雨が降る時にも、火縄が消えないよう研究し装備していた。

既《すで》に、信長は鉄砲の戦いの経験からランチェスターの法則を体得していたのである。

ランチェスターの法則は一九一四年に英国のフレデリック・ランチェスターによって発表された勝利の方程式だ。ランチェスターの第二法則である。

（軍の戦闘力）＝（武器性能）×（兵員数）２乗《じょう》

鉄砲の戦いにおいては能力の高い兵士よりも鉄砲の数を多く揃《そろ》えた軍団が勝利する。

信長は勝利の方程式を三百年以上前にすでに知っていた。

『鉄砲は狙撃兵の腕ではない。必ず鉄砲の数の多い方が勝つ！』《㊟ランチェスター方程式は第二次世界においても評価された。》

勝頼は総攻撃の軍配を振った。太鼓と旗が大きく振られた。

『ドーン・ドーン・ドーン！』

一番隊二千・山県昌景《やまがたまさかげ》が太鼓を打ち鳴らし攻め寄せる。連子川を渡ったところで織田・徳川の鉄砲が火を噴いた。散々に狙撃されて退去する。しかし唯一、山県昌景隊だけは柵を壊し徳川軍の本多陣に切り込んだ。武田軍の一方的な敗戦ではなかった。《㊥江戸時代に屏風絵の下絵に絵師が残した。》

二番隊は武田信廉隊が入れ替わり攻め立てた。石川数正隊（徳川軍）の足軽隊が連子川手前まで出て誘いをかけて柵まで引いた。そこへ鉄砲を打ち込んだ。

『引きつけて撃て！』

信廉《のぶかど》隊の過半数が倒れてついに撤退した。

三番隊は赤備えの小幡隊が騎馬隊を主力に太鼓を鳴らし突撃した。滝川一益(織田軍)の指揮する鉄砲隊が狙撃した。

『撃て、撃て、逃すな！』

小幡隊も半分が打ち取られ、小数で撤退した
四番手は黒具足で固めた武田信豊隊が攻め立てた。武田軍は総攻撃をして、あちらこちらで入れ替わり攻めた。

信長は後方の雑木林に隠していた三万の兵を出した。

『全軍出よ、掛れ、掛れ！逃すな。』

『槍で上から叩け。叩け。』

織田・徳川軍は鉄砲で狙撃し、大軍で攻めて武田軍を削いでいった。

五番手は馬場信春隊が太鼓を打ち鳴らし攻め寄せたが、増強された鉄砲隊の新手に大勢が撤退していった。

武田軍の総攻撃は六時間に及んだ。武田軍は総敗北を喫し、赤備えの山県昌景・原昌胤《はらまさたね》・真田信綱・同昌輝・横山康景・土屋昌続・高坂昌澄《こうさかまさずみ》・中央にいた内藤昌豊も戦死した。

馬場信春は渋る勝頼に退去を奨めて、自らは群がる織田・徳川軍に切り込み壮絶な討ち死にをした。

『殿が引くまでここを守れ、皆、死や｜、死や｜。』

時に六十三歳であった。

長篠城にいた奥平貞昌は、城門から打って出て武田軍を追撃した。

『今だ、我らも撃って出るぞー。掛れ、逃すな。』

武田軍はみな鳳来寺《ほうらいじ》山の方に逃げ、追撃を受けて寒狭川に阻まれて、谷に落ちて多数の兵が死傷した。

甲州に無事帰国した者は三千人ばかりだった。

一万以上が死傷者と逃亡者であった。

武田勝頼は秘蔵の馬を陣の出口に置いたまま、わずかな従者と敗走した。

やっとの思いで武節城《たけふじょう》（愛知県稲武町）にたどり着いてやっと甲府に帰った。

信長は勝頼の馬を駿馬と喜んで自分の厩《うまや》に入れた。

用心ぶかい信長は深追いをしなかった。

『これで、四郎は当分おとなしくしているだろう。』

『エイ、エイ、オー。』

三河の支配を家康に任せ五月二十五日に岐阜城に凱旋した。

家康は三河・遠江二国の支配が承認された。

信長は長岡（細川）藤孝宛てに次の書状を送り、世間に宣伝した。

「即時に切り崩し　数万人討ち果たし候」

信長はこの勝利には狂喜した。

信長はなぜこの場所を選んで、勝頼を迎え撃ったか？

その謎は、設楽原を歩いて見て、全てがわかった。北の雁峰山から南の豊川に向かってなだらかに低い台地。二つの小川が二町（約二千四百メートル）ほどの距離を平行して流れ、下流は川幅の狭い連子川となって豊川に注いでいる。

連子川の五十メートル背後が丁度、こんもりとした雑木林になっている。

背後の雑木林に本隊を隠し、その前に二重、三重の馬防柵を築ける場所を選んだ信長の慧眼《けいがん》にある。後は長篠城の監視砦を陥落《かんらく》さて退路を断てば、必ず勝頼は一か八かの突撃《とつげき》に活路を掛けるとよみ作戦を練りあげた。馬防柵と間にある泥濘《ぬかるみ》の田んぼは鉄砲隊に安全観を与えた。誘いに秀吉らの隊を上流の有海原《あるみはら》に配した。勝頼に寒狭川を渡わたらせて、清井田原の高地に誘い出したとこで勝負は決まった。

信長は作戦道理に実行したのだ。

一方、大敗北した勝頼は自力アップを計り、家臣に兵力増員や武器の準備を命じた軍役書を何度も送った。

天正四年（一五七六）三月二十七日付の武田家軍役書の一条である。

「鉄砲一挺に付き玉・火薬三百発を求める。」

「玉を十万発、買い求める。」

という古文書もあるという。

勝頼は長篠の合戦を教訓に鉄砲の重要性を認めて求めた。

天正八年（一五八〇）には、信玄の時代より領土は増えた。

しかし、上杉謙信の死で上杉家の家督争い「御館《おだて》の乱」に巻き込まれ武田・北条の関係が急速に冷却した。

『謙信の血筋こそ筋目なり、景勝を助けることこそが本意である。』

勝頼は謙信の血縁の養子景勝を支援した。

北条から上杉家に入った景虎が自殺した。

『北条との同盟を破った勝頼は許せぬ、我らは織田と同盟を結ぶ。』

北条氏政は勝頼と絶交し織田家と同盟を結んだ。

武田家の家臣団にも北条と近いものが多くいた。

『殿（勝頼公）は北条との同盟を破り、景勝を支援するとはもうついてはいけぬー。』

天正八年から武田武士の気力は落ちた。

勝頼は織田・徳川の連合軍に備えて天正九年（一五八一）新府城《しんぷじょう》（山梨県韮崎市）を築城した。

新府城は躑躅ケ崎館《つつじがやかた》（信玄の館）の二倍の面積の要衝地で、釜無川《かまなしがわ》（富士川）に面し駿河湾に注ぐ地を選んだ。

勝頼は敗戦から交易や商業を重視した城を築かねばならぬと考えた。

城下には兵農分離の家臣団の都市構想を急いで造ろうとした。

新城の拠点変更は、住民や家臣団に重税を課せる結果となって、求心力は一気に低下した。


天正十年（一五八二）、三月十一日、武田領内へ織田・徳川に北条も加わった大軍で攻められて家臣団は次々と寝返り、武田勝頼は天目山（山梨県）が終焉《しゅうえん》の地となった。

信長は勝頼の武勇を称《たた》え次の通り言った。

『日本に隠れなき弓取り。』「三河物語」

四、安土城

安土山の周辺は干拓により埋め立てられていて、今現存する内湖は「西の湖」だけであって、安土築城当時の面影はない。

天正四年（一五七六）安土山は琵琶湖に突き出た、ひょうたん形をした独立丘陵であった。安土山は湖にぽっかりと浮かぶ船のような形をしていて、自然の要害を利用した城であった。

城は当時、最先端の石垣を造る石工集団、近江八幡の馬淵《まぶち》の石工や穴太衆《あのうしゅう》など動員できる石工集団すべてに築造させた高石垣であった。

驚きは真っすぐ山の中腹まで延びる大手道、北に約一八〇メートル直線で登って行く。城の防備面からいうと、敵の侵入を防ぐために幾重にも屈折させるべきである。安土城の道幅は約六・六メートル両側の側溝を含めると約九メートルであった。

道と屋敷の境には、高さ約三メートルの石塁《せきるい》があってその上に高い壁を持つ塀あった。

塀の上は金箔瓦が葺《ふ》かれていた。
安土城に登城する人々は、幅の広い勾配のある登城道から天主を仰ぎ見て両側に燦然《さんぜん》と輝く金箔瓦列《きんぱくかわられつ》のなかを登ったに違いない。《よみがえる安土城：（木戸雅寿）》《㊟信長の安土城の天守だけを天主《てんしゅ》と呼ぶ。》
巨大な石材を石垣に使ったのは安土城が初めてである。

安土城大手道。

安土城には有名な蛇石《じゃいし》があった。

『われは、越前（秀吉）じゃ、皆の衆、力を合わせて綱を引け！』

『ワッショイ。ワッショイ。』

一万人で昼夜三日かけて引き上げた巨石であったと伝えられる。

城祉最大の石は、本丸大手門内に土砂に埋まっていたもので、周囲九・六メートル、縦二・七メートル、横三メートル、約厚さ八十センチ、表面に蛇の如く細かい割れ目がくねくねと走っている。天主西側石垣のあたりから落ちたものらしい。《歴史読本：昭和六十年九月号：安土城天主閣の謎（桜井成廣）》《㊟八年後の天正十二年（一五八四）北条氏照が後北条氏の支城最大の山城を築いた。この八王子城の御主殿虎口前の石段は安土城を参考に造られた。》

天下人、信長の住居する安土城の普請奉行は丹羽長秀、縄張奉行には羽柴秀吉、作事の大工棟梁は、岡部又右衛門《おかべまたえもん》が命じられて天主の造営が本格的に始まった。天正五年（一五七七）八月二十四日に柱立をした。

完成は天正七年（一五七九）五月に信長が天主に移った頃とされる。

信長は、弾僧南化玄興《なんかげんこう》に命じて、「**安土山ノ記**」の漢詩を作らせた。

六十扶桑第一山
老松積翠白雲間
宮高大似阿房殿
城険困於函谷關
若不唐虜治天下
必應梵釋出人間

六十の扶桑《ふそう》　第一の山
老松　積翠《せきしゅう》　白雲の間に
宮の高きこと　阿房殿よりも大なり
城の険しきこと　函谷間よりも固《かた》し
若し　唐虜《とうりょ》の　天下を治めずんば
必ず　応に梵釋《ぼんと》の人間に出づべし

蓬萊三萬里仙境
留與寛仁永保顔

蓬萃《れんすい》　三万里の仙境《せんきょう》
寛仁に留与《りゅうよ》す　永保《えいほ》の顔

六十余州の国のなかで第一のやま
老松茂白雲たなびく青い山
城は奏の安房宮よりも高くそびえ
守りは函谷関よりも堅い
もし、唐の戎《じゅう》に比すべき人物が天下を治められなければ
きっと梵天王や帝釈天に比すべき人物が世に出てくるだろう
ここ安土城は蓬萃三万里の仙境である
天下人になった信長様には永遠の名声と命が与えられたのだ。《現代語訳は赤井益久氏（國學院大學　学長）》

始皇帝の宮殿、阿房宮に見立て漢詩を作り信長を大変に喜ばせたのであった。
完成した天主は外観五重、内部は地上六階、地下一階であった。南化玄興は安土城の天主を、

玉楼金殿秀雲上
碧瓦朱甍輝日辺
気高く金色の天主が雲の上に聳《そび》え
その美しい瓦と朱色の屋根の頂きが日に輝いている
と褒《ほ》めたたえたのである。

《㊟名古屋工業大学の内藤昌教授は、発見した「天守指図」を基にして安土城天守の復元で「天守内部に吹き抜けがある」と復元案を発表した。》

「信長公記」によれば、本丸は西より東に向けて、「御座敷《おざしき》」と「御幸《みゆき》の御間《みま》」・「天主」「南殿《なんでん》」・「江雲寺御殿《こううんじごてん》」の四つの御殿が並び、その中で天主が最大の御殿であった。

「御幸の御間」は檜皮葺きの建物で、正面から二間奥にさらに「皇居の間」という一段高い御簾《ごみす》の懸《かか》った部屋があった。

信長は安土城に帝（天皇）を迎える準備をしていたのである。「御幸の御間」は「天主」を仰ぎ見る場所であった。

天主の外観は、五重の望楼《ぼうろう》型天守、初重は不等辺八角形の天守が天端《てんば》一杯に建てられている。

最上階を除き、窓はすべて華頭窓とし、八角形の間は朱塗りの柱、最上階は、壁や軒裏まで金箔押しとする豪華絢爛な姿である。

天守の屋根に飾られた鯱《しゃち》は安土城が最初であった。各階の障壁画は、当代一の絵師狩野永徳・光信が一門から優れた者のだけを選び製作させた。

一階の十二畳の座敷の襖に描かれていたのはガチョウの絵だった。

次の間は四畳でハトの絵が描かれていた。

一階から三階は花や動物、中国の故事を題材にしたものであった。

五階は、八角形面に釈迦の説法の様子や十大弟子を題材にした仏教画であった。六階は「伏義《ふっき》：中国の伝説の皇帝・神農・黄帝《こうてい》の三皇・五帝・孔子の弟子十人・漢高祖の四人の賢人《けんじん》・晋代の七人の賢人」が金箔の中に描かれていた。

『神に成るか。いや、その前にこの国の皇帝に成らねばならぬ！』

すべて信長は題材を熟知して指示し描かせたに違いない。


天正六年（一五七八）八月十五日、安土山で大相撲を開催した。

相撲は、土俵の上で力士が組み合って戦う古代からの神事や祭りであり、同時に武芸である。土俵の原型は、信長が考案者で相撲が大好きで奨励した。

『強き優れし者は召し抱える！』

信長は近江の国中の力士、三百人を集めて相撲を取らせて、十四人を百石ずつで召し抱えた。


天正七年（一五七九）七月十六日（新暦：八月二十九日）白い綿花《めんか》を摘む時期で、暑さも少しやわらぐ季節であるがまったくおさまる気配がない。

『何とも今日は暑い！』

家康は安土城の完成祝いに、酒井忠次と奥平信昌を使者として馬を献上した。

酒井忠次と奥平信昌も馬を献上した。

酒井忠次は大手道を安土山南方から百々橋を渡り金箔瓦の間を見上げて登城した。仰ぎ見る安土城は、靜謐《せいひつ》な姿である。

見る人を感動と夢幻の世界に誘った。

『これほどな雄姿《ゆうし》を、見たことがない。』

『我が目を疑う。』

大階段を上がると本丸御殿に出た。

黄金に包まれた表御殿の内部は、黒漆を塗った上に金箔を押した惣金《そうきん》で、黄金の飾り金具を打ち、当代一の狩野永徳と選ばれし狩野一門の、極彩色の障壁画で燦然《さんぜん》と輝いていた。

拝謁は書院で行われた。目録は三方《さんぽう》にのせられて信長の着座を待った。書院の障子が開けられて庭さきに三頭の馬が繋がれてあった。

信長は速足で着座すると、

『よき馬だ！　喜んで頂戴いたす。三河殿に伝えてくれ。』

信長は馬が大好きであった。

一通りの拝謁が終って、退散しようとしたとき、

『左衛門尉《さえもんのじょう》（忠次の官名）茶を一服どうだ！』

忠次は流行のお茶の作法を知らない。あまり興味もなかった。

『茶事は不調法にてご酒なれば！』

『あい、分かった！』

信長は、三河者の素朴さと気取らない田舎武士らしさの返答が、おおいに気に入った。

『なれば珍しき酒を用意いたそう！』

支度されたのは本丸東端の「江雲寺御殿《こううんじごてん》」の中の部屋だった。

ここからの安土城の天主の眺めは圧巻《あっかん》であった。

御殿は一段と高い場所で、他方の窓には琵琶湖の湖面が見えた。気持ちのよい風か吹き込んでいる。

部屋の奥に四都図・世界地図の屏風があった。

その前には「地球儀」があり、机と向かい合わせに当時では珍しい椅子が置かれ豹の毛皮が敷かれていた。

小姓が支度したのは、ビードロの器（ワイングラス）だった。

『赤い酒だ！』

それは葡萄酒《ぶどうしゅ》で、信長がグラスに自ら注いだ。忠次はさすがに恐縮してグラスを額の上までささげて受けた。

『もったいなきこと！　上様のお手から珍しきご酒の媒酌《ばいしゃく》を頂戴いたしますこと、末代までの果報者で御座ります。』

忠次は徳川家の譜代筆頭で、徳川四天王（本多忠勝・榊原康政・井伊直政）の重鎮であった。それは三河国の形勢の成り立ちにあった。中世、松平家（徳川家）発祥の頃は、三河地方の豪族で酒井家のほうが郎党も多く勢力もうえであった。両家は絆を結び協力して勢力を拡大した。その中に大久保党・本多党・石川党が吸収されて松平家（徳川家）

が盟主になった。松平家（徳川家）では酒井家に対して「酒井の家は格別！」と申し送りしてきた一党であった。酒井忠次は家康より十五歳年上であり、妻は家康の叔母（家康の父・弘忠の妹）である。家康が駿府・今川義元での人質時代には世話役だった。

信長も三河国の成り立ちを熟知して、忠次に配慮した。

信長が江雲寺御殿の特別部屋で葡萄酒を振舞った目的は別にあった。支度が整うと小姓や側近すべての者を下がらせた。忠次をもっとも驚かせたのは人払いであった。

信長はこれからいったい何を言い出すのだろうか。

注がれた赤い血のような葡萄酒の微妙な甘味が乾いた喉《のど》にしみわたった。

『左衛門尉、そちなればこそ、この文（密告書）を見てもらいたい。』

忠次は葡萄酒の入った器を慌てて置いた。

信長は鎮痛な顔で、椅子の横に置かれた小さい机の上の手文庫から一通の文を取り出して忠次に渡した。

『五徳（信長の娘で徳姫、家康の嫡男に嫁いだ。）からの文だ！』

忠次は信長から恭《うやうや》しく文を受け取ると一読した。

文の内容は家康の正室築山殿（姑）と夫信康の行状について書かれていた。築山殿は減敬《げんけい》という唐人の医者と不義蜜通《ふぎみっつう》し、武田氏に内通している。

その内容は次の通りであった。

「信長と家康を密殺《みっさつ》した暁《あかつき》には、武田の名のある誰かと再婚させて欲しい。信康を武田勝頼公の重臣として迎えて欲しい。勝頼からの返書も秘かに写し取った」とあった。又、「信康は感情が激しく徳姫付きの女房が諫言《かんげん》したところ、織田家・信長の威光を笠にきた物言いか。と言って残忍な成敗をした。夫、信康殿のこのような態度を改めるように父上から意見して欲しい。」

とあった。

『左衛門尉、この文（密告書）の通りか！　謀反の企てか！』

信長の目をそっと見ると瞳の奥は疑念で満ちていた。

「三河物語」には信康は徳川の嫡男《ちゃくなん》で「是程の殿は又出がたし」とあり武将として多いに期待できる若者であった。

しかしながら家康ほど家臣を大切に思っていない。

生まれながらの三河の主なる振る舞だった。

信康の代になれば家臣団が団結していけるか疑問である。

「嫡男（信康）を取るか、戦略として徳川家を取るか。」

忠次は究極の選択を求められた。

信長は猜疑心の強いオトコである。

家康の判断を待たず謀反を暗に認めた。


「三河後風土記」には次の通りにある。

「信康殿物荒く、忠言耳に逆らう。

常に御心よからざれば　仇敵の如く。」


忠次は即座に返答をした。

『上様のご推察の通りでございます。』

信長は間髪を入れず即断した。

『速やかに失いまいらすべく三河殿に申し伝えよ！』

忠次は浜松城に急ぎ帰って家康に復命をした。

家康の心情はいかなる想いであったか。

『これは何と、うーう。』

復命を聞いたあと「三河物語」には、

『是非に及ばず。』

とある。

『武田に断じて通じておらぬ。疑いのこと無念である。』

天正七年（一五七九）九月。わずか二カ月後、信康は自害した。

築山殿は弁明に浜松城へ向かう途中、遠江国富塚《とおとうみくにとみづか》で殺害された。


天正八年（一五八〇）八月八日（新暦：九月二十日）、秋の気配を感じる涼しい風が吹く季節であった。

大阪で佐久間信盛を懲戒する文書を信長自らの手で書いた。

『信盛、お前は五年間も何の働きもしていないではないか！』

織田家の家臣団を震撼《しんかん》させた。石山本願寺攻めの怠慢《たいまん》が表、本当の理由は三方ヶ原で信長の溺愛の重臣・平手汎秀《これひで》を見殺しにしたことが理由である。

この時一緒に信盛の息子・信秀、家老、林秀貞や安藤守就《もりなり》、丹羽氏勝ら四人も追放した。佐久間親子は高野山から紀伊・熊野へ追放され途中で信盛は、十津川（奈良県の秘境）で衰弱《すいじゃく》して死んだ。

『そうか、あの信盛が生き倒れたか、信秀は許す。』


天正九年（一五八一）正月、信長が鷹狩りで得た獲物の鶴や雁を安土城下の町民に与えると、町民は大変に感激して沙々貴神社《ささきじんじゃ》で能を行ない信長はおおいに喜んだ。

『鷹狩りの獲物だ。みんな食ってくれ！』

『殿様をおらたちの能で持て成そうではないか！』

『そうか、予《よ》を持て成しくれるか。嬉しいぞ。』


一月十五日に左義長《さぎちょう》を行なうため、参加者に思い思いの装束《しょうぞく》をして出ることを命じた。

信長は宣教師からもらった黒い南蛮笠をかぶって、赤の頬《ほお》あてを付け唐錦《からにしき》の陣羽織を着て登場した。

左義長と同時に馬揃えを行なった。

成功に気を良くした信長は命じた。

『次は京で馬揃えを行う。帝にお見せ致す。光秀、準備せよ！』

『はっ、はっー、承知致しました。』

《㊟左義長《さぎちょう》は元来新年に行われる火祭行事で、旧正月の十四日から十五日を中心に行われる。正月の飾りを集めて焼き一年の無病息災を祈る。》

同年（一五八一）二月二十三日、宣教師ヴァリニャーノが信長に拝謁した際に奴隷を引き連れて来た。

「切支丹国《きりしたんこく》より、黒坊主参り候《くろぼうずまいりそうろう》」

『耶蘇坊主《やそぼうず》が肌に墨を塗ったオトコを連れ来たか、嘘かどうか裸にして良く洗え！』

『誠か。黒い肌は誠であったか。』

信長は興奮して、ヴァリニャーノに交渉して譲ってもらった。

信長は大変気に入り「弥助《やすけ》」と名付けて召し抱えた。


同年（一五八一）七月十五日（盂蘭盆会）（新暦：八月二十八日）ようやく暑さ収まる野分けの風が吹く頃であった。

宣教師ヴァリニャーノを送るために安土城は、漆黒の中に無数の提灯《ちょうちん》によって浮かびあがった。

「信長公記」によれば、

「安土城の天主閣および惣見寺《そうけんじ》にたくさんの提灯を吊るさせ、また、お馬廻り衆を新道に配置し、入り江に舟を浮かべさせて、それぞれに灯《あか》りを照らした。城下一帯が明るく、篝火《かがりび》は水に映って、言いようもなく美しく、見物の人々が群れ集まった。」

『おー。おー。』

『見よ、天下の奇観《きかん》だ！』

と人々は息を飲んだ。

現在の「ライトアップ」の元祖は信長かもしれない。《㊟信長はヴァリニャーノを通じで、安土城下を描いた屏風《びょうぶ》をローマ教皇グレゴリウス十三世に送った。》

天正十年（一五八二）の元日、信長は正月参賀に多くの人々を安土城に招いた。

信長はなんと安土城にバルコニーを造りそこに現れて人々を驚かせた。

『殿様が現れたぞー、押すな、押すな。』

このときに余《あま》りにも人が多くて、人の重みで石垣が崩れて多数の死者がでた事件があった。

五、石山合戦

現在（二〇一五）の大阪城は、大阪夏の陣で焼け落ちた豊臣大阪城を埋め立て、豊臣の二倍以上の天守を持つ徳川大阪城である。完成時の将軍は家光だ。

《㊟現在再建された大阪城天守閣は、豊臣期の大阪城を参考に昭和六年（一九三一）再建された。豊臣大阪城の建物は、奇跡的にひとつだけが残っている。豊臣大阪城にあった極楽橋という金箔張りの楼門《ろうもん》が、琵琶湖に浮かぶ竹生島に移築されている。》

現在の大阪城の桜門枡形の蛸石《たこいし》は城内最大のもので、高さ五・五メートル、幅十一・七メートル、（畳にして約三十三枚）厚さ〇・七〜一・〇メートル、重量は約百三十トンである。

ここが、かつては石山本願寺であった。

大阪城の西ノ丸庭園の外側、西外掘に面してある櫓を千貫櫓《せんがんやぐら》という。

織田信長が十一年間、苦渋を舐《な》めさせられた石山合戦のときにあった櫓である。

『櫓を落とした者に千貫《せんがん》を与える。』

と言ったが信長が懸賞金を掛けた櫓は最後まで落ちなかった。《㊟櫓の名前の由来は織田信長による。現在（二〇一五）の価格で千貫は約一億四千万。》


石山本願寺の始まりは、山科（京都）本願寺住職の蓮如《れんにょ》が七十五歳で隠居して近畿を歩きまわり布教につとめて明応六年（一四九七）十一月、摂津国（大阪府）に大阪御坊を立てた。これが山科本願寺別院である。


蓮如は次の通り説いた。

『朝には紅顔《こうがん》ありて　夕には白骨となれるみなり』

『人生は儚《はかな》きもである。今こそ死後のため祈願すべし』

『南無阿弥陀仏《なむあみだぶつ》』

と朝夕に唱えるだけで良いと布教した。

蓮如は精力絶倫《せいりょくぜつりん》で五人の妻を娶り二十七人の子供もうけ、全国の末寺に配し石山本願寺は隆盛を極めた。

文化元年（一五三二）に一揆や寺内の抗争によって山科本願寺は焼亡して、ここ大阪御坊が石山本願寺となった。

北は淀川、東は大和川に囲まれた小高い丘で、大阪湾に面し、平野川・猫間川の合流地点で景勝・要害の場所で、瀬戸内海・京都・奈良の交通の要でもあった。

当時は人家もなく畑だけで領主は、京都相国寺《しょうこくじ》であった。

石山本願寺は場所の良さで、近世の城下町の形態が揃い大都市に発展した。

寺内町・多くの町屋ができて町衆の自治組織が形成されて繁栄していた。

遠国では番役《ばんやく》といって銭で代納させた。

本願寺に諸国から多数の信者が参詣《さんけい》し、莫大《ばくだい》な志納金が集まった。毎年、盛大な祭（報恩講）を行いたくさんの参詣者《さんけいしゃ》を集めた。

門が開くと先を争って走り倒れて、下敷きになって、いつも多数の死者が出た。しかし、門徒衆はこの行為を幸福と考えわざと門内に倒れ死のうとする者までいた。

また、対明貿易の大船まで廻漕《かいそう》して本願寺は莫大な富を得た。

この石山本願寺に永禄十一年（一五六八）信長は足利義昭を奉じて京都に上洛すると、矢銭《やせん》（軍資金）を要求した。

『矢銭を出さねば、すべてを焼くと申せ。』

堺に二万貫、本願寺に五千貫を要求し、尼ケ崎にも支払うよう命じた。

『尼ケ崎は、信長の要求を拒絶したぞー。』

矢銭を拒否した尼ヶ崎は信長によって焼き払われた。

『尼ケ崎の二の舞は叶わぬ、矢銭を出すしかあるまい。』

これを見て堺と本願寺は矢銭を払った。《㊟現在（二〇一五）の価格で二万貫＝約二十八億、五千貫＝約七億。》


翌年、信長は本願寺の場所「日本一の境地」に目をつけて土地の明け渡しを要求してきた。

信長が注目したこの場所は、瀬戸内海の最奥部に位置し、西の各地と、中国・朝鮮半島への海の玄関口であったからである。

天皇から法主《ほうしゅ》に任命された石山本願寺住職、若き二十五歳の顕如《けんにょ》は決然と信長の要求を拒絶した。

『もう許せぬ、信長め、仏罰をうけよ！』

元亀元年（一五七〇）九月、信長と対決に踏み切った顕如は全国の数十万人門徒衆に檄文《げきぶん》を送り、信長と戦わない者は波紋するという態度で臨んだ。

檄文の内容は次の通りであった。

「もし無沙汰《むさた》の輩は長く門徒たるべかれず候也《そうろうなり》」

そして、浅井（近江）・朝倉（越前）・武田（甲斐）・四国の三好三人衆と提携を結び信長包囲網を構築した。

元亀元年（一五七〇）六月、信長は浅井・朝倉連合軍を姉川に破った。

信長は第一次石山攻めを開始した。顕如は法城の危機として本願寺方の雑賀《さいが》・根来《ねごろ》（紀伊）の鉄砲衆を頼み三千挺の鉄砲を揃えて織田軍に打ち込んだ。

『撃て、撃て、打ち込め！』

『バーン、バーン、バーン。』

一向一揆の三万の大軍が、近江の坂本までせまり信長の背後を襲う構えを見せたので信長は仕方なく撤退した。

『このままでは全滅じゃー、全軍引け、立て直す。』

今度は伊勢（三重県）北部の長島で一向一揆が立ちあがった。

長島一揆は、信長の実弟・信興《のぶおき》を尾張小木江城《おぎえじょう》に攻めよせて切腹させた。

「進めば極楽浄土《ごくらくじょうど》　退けば無間地獄《むげんじごく》」

の旗を立て念仏を唱えてゲリラのように襲った。

美濃三人衆の氏家卜全《うじいえぼくぜん》が戦死、重臣の柴田勝家が重傷をうけた。

信長は救出しようと帰国の途中、伊勢・近江の千草峠で六角義賢（承禎）から依頼を受けた杉谷善住坊《すぎたにぜんじぼう》に狙撃され危うく命を落とすところだった。

『この信長の命を狙いし者、草の根を分けても探せ！』

杉谷善住坊は捕えられて、地面に埋められ、鋸《のこぎり》でひかれた。


信長は最大のピンチを本願寺の本所の青蓮院尊朝法親王《しょうれんいんそんちょうほうしんのう》の斡旋《あっせん》で講和をして危機を脱した。

このとき、信玄にも依頼して和睦《わぼく》をした。

信玄と本願寺は同盟関係にあったが信玄にも事情があり快諾《かいだく》した。

『まだ、国をあけることは出来ぬ。いつ敵に襲われるか解らぬ。』

信玄は時間稼ぎをした。

信長は元亀二年（一五七一）九月、聖域の比叡山、延暦寺を皆の反対を押し切って焼き討ちを断行した。

『延暦寺には中立を申し入れたにも関わらず悪兵を庇《かば》い、肉を食らい、淫行《いんこう》にふけり大酒を飲む糞坊主《くそ》ども！

静に神仏だけ念じていればよいものを悪兵と僧兵とが徒党を組み狼藉《ろうぜき》を働くとは何事か！　この信長が天罰を与えてくれる！　全山、燃やせ！』《㊟志賀の陣で延暦寺に籠《こも》った悪兵は朝倉・浅井軍であった。実際に焼失したのは、根本中堂と大講堂だけである。ルイス・フロイスの書簡に記載されている。》

積年の恨みを持つ延暦寺の僧徒の軍事力を粉砕した。

元亀三年（一五七二）十月、満を持して武田信玄が三万の大軍で上洛を開始した。

翌年正月に三方ケ原の合戦で徳川・織田連合軍は信玄に完膚《かんぷ》なきままに敗北した。

『信長め、今度こそは許さん！』

『ついに、あの信玄も甲斐から出てきたぞ！』

足利義昭は本願寺・浅井・朝倉の包囲網を作り信長を追い詰めた。

しかし、天正元年（一五七三）四月十二日、信玄は信州駒場《こまば》で逝去してしまった。

なんと、女神は信長に微笑んだ。

『厄介で策謀好きの将軍（義昭）は要らぬ、どこへなりともでも行け！』

信玄の死を知るや信長は将軍義昭を追放した。

天正元年（一五七三）八月八日、信長は三万を号《ごう》する大軍で「一乗谷城」を壊滅せんと近江に侵略した。

八月十四日、刀根坂《とねざか》の戦いで家臣の兼松又四郎が裸足で奮戦しているのを見た信長は腰に吊るしていた足半《あしなか》を与えた。

『裸足では痛たかろう。これを与える。』

『上様の足半。もったいなきこと、家宝にいたしまする。』《注》足半《あしなか》とはつまさきだけの戦闘時の草履《ぞうり》

信長は家臣の働きを即座に認め激賞して、褒美《ほうび》を与えた。この姿勢こそが、織田軍団を飛躍させる原動力であることを熟知していた。

八月十八日、柴田勝家を先鋒として一乗谷に攻め込み手当たり次第に放火した。この猛火は三日三晩続き、名門朝倉家一〇〇年の栄華は灰燼《かいじん》と帰《き》した。

従兄弟の朝倉景鏡《かげあきら》は朝倉一族衆の筆頭であった。景鏡は再起を義景に進言し、一行に自国である越前大野の六坊賢松寺を宿舎に提供した。

八月二十日早朝、その景鏡が裏切り、この宿舎を包囲して義景を切腹させて首を信長

に差し出した。


『一族も義景を見捨てたか、哀れな奴め！』

『褒美をとらせる。朝倉姓は要らぬ、これより土橋信鏡《つちはしのぶあきら》と名乗るが良い。』

『ははー。あり難き幸せに御座りまする。』

朝倉義景、享年四十一歳。


越前を制圧した信長は、小谷城に取って返し、全軍で総攻撃を仕掛け、羽柴秀吉が夜半に城の要、本丸と小丸を繋ぐ京極丸を落とした。

八月二十九日、（九月一日）小谷城は落城し、浅井久政・長政親子を滅ぼした。

『サル、お市と娘たちだけは命を助けよ！』

『は、はー。命にかえてもお市さまたちお救い致します。』

信長はここに、見事に金ケ崎の戦いの雪辱《せつじょく》を果たした。

金ケ崎の戦いとは、北陸の攻略を急ぐ信長に「まさか」の落とし穴の朝倉義景との戦闘のひとつ。金ケ崎の退き口または、金ケ崎崩れとも呼ばれ、戦国史上有名な信長の撤退戦である。

元亀元年（一五七〇）四月、徳川家康の軍勢を加えて三万の軍勢で京より越前へ侵略した。越前攻略の戦いは順調に進んだ。手筒山城と金ヶ崎城を二日で落として、越前一乗谷城も射程圏《しゃていけん》（六〇キロ）に迫ったところに、青天の霹靂《へきれき》の報せが信長に届いた。

浅井長政が突如、信長に反旗《はんき》を翻《ひるがえ》した。

長政は信長の妹のお市の方を嫁がせた義兄弟で、家康とも並び最も信頼する同盟者だった。信長は前の朝倉勢と、背後に北近江の浅井から挟撃《きょうげき》される絶体絶命のピンチに陥《おちい》った。

ここで信長は即座に撤退《てったい》を決断。全軍に撤退を命じ、自らは僅《わず》かな供回り衆を率《ひき》いて京へ敗走した。この戦いで殿軍《でんぐん》を自ら買って、見事な撤退戦をしたのが木下藤吉郎（後の豊臣秀吉）であった。《㊟殿軍とは後退する部隊の中で最後尾の箇所を担当する部隊。》

信長は浅井長政への復讐に燃えて、大敗走からわずか三ヶ月後に、姉川合戦で浅井・朝倉連合軍と正面対決した。

合戦は家康と稲葉一徹の活躍で辛《から》くも勝利した。金ヶ崎の復讐に燃えた信長は、越前一乗谷城と近江小谷城へ怒りの侵略《しんりゃく》をしたのであった。

「信長公記」によれば次の通り記されている。

「天正二年（一五七四）正月一日、京都および近隣諸国の大名・武将たちが岐阜に来て滞在し、信長に挨拶をするため出仕した。それぞれに三献《さんこ》の作法で、招待の酒宴が開かれた。他国衆退出した後、信長のお馬廻り衆だけで、いまだかつて聞いたこともない珍奇《ちんき》な肴《さかな》が出され、酒宴が行われた。

去年北国で討ち取った

一、朝倉義景の首

一、浅井久政の首

一、浅井長政の首

以上三つ、薄濃《はくだみ》にしたものを膳に置き、これを肴にして酒宴をしたのである。皆が謡《うた》いをうたい、遊びに興じた。信長は何もかも思いどおりとなって誠にめでたく、上機嫌であった。《㊟薄濃《はくだみ》とはヒトの頭蓋骨《ずがいこつ》を漆で塗り固めた金泥《こんでい》の盃《さかずき》。》」

そして、天正二年（一五七四）には本願寺と戦端を開き、七月には憎悪に燃えて長島総攻撃を開始した。

『信興の仇を討つ。』

信長の厳命は「みな殺し」（根切り）だった。

『男も女も撫斬《なでぎり》にせよ！』

信長の怒りは収まらず、助命を約束して開城させたが男女の捕虜約二万人を焼き殺した。

『仏だけを拝んでおれば良いものを何故に諍《あがら》うか。ウジ虫ども、焼きつくせー。』

石山本願寺の顕如は涙を呑んで第二次講和を結んだ。

『これ以上の地獄の様を見たくない。惜しいが白天目をくれてやるか。』

顕如は和解の証として秘蔵の「白天目」茶碗を信長に贈った。

『おお、これが白天目か、やっと出しおったか。』

越前は「門徒もち」百姓の持ちたる国であった。朝倉氏滅亡後、信長の被官となり越前守護代におさまった桂田長俊《かつらだながとし》へ越前一向一揆が襲い討った。

ところが、本願寺から守護として、防官の下間頼照《しもづまらいしょう》が下り守護代が変わったに過ぎなかった。

天正二年秋、本願寺・大坊主と一向・門徒との間に一戦が始まった。信長はその好機を逃さず、天台宗・平泉寺や高田派・三門徒派を味方にして越前攻めに出た。

『臭いぞ、臭いぞ、死体の山だ！』

三、四万の門徒が殺された。
信長は一向一揆勢の門徒の屍《しかばね》をきづき越前を占領した。そして、今度は腹心の柴田勝家に越前支配を命じた。


天正三年（一五七五）十月、顕如は信長と時間稼ぎに第三次講和を結んだ。

信長は京都と北国の中間の要路に自ら構想していた安土城を築城した。

天正四年（一五七六）一月には城の完成を待たずして兵の準備が整うと本願寺への攻撃を開始した。

五月三日には織田軍は三津寺に殺到した。

本願寺軍一万も数千挺の鉄砲で迎撃《げいげき》してきた。

激しい激戦で織田軍の大将を務める塙《ばん》（原田）直政をはじめ多数が討ち死にした。

『何に、誠に直政が討ち死したか。馬鹿な奴めー。』


門徒は織田軍の天王寺砦を包囲した。

五月五日、戦況の悪化の急報を受けた信長は、迅速に手勢百余りを連れて河内《かわうち》（大阪府）・若江《わかえ》で三千の兵をまとめ、七日、天王寺砦の応援に駆け付けた。

織田軍は門徒軍の一万五千余りに猛攻を加えた。

信長の出現に兵の士気は高揚して、門徒軍はジリジリと撤退を始めたて城戸口まで追い詰められた。織田軍は二千七百余りを打ち取り、大戦果を挙げた。

信長は兵を天王寺砦に結集して、十塁を四方に設け、本願寺を兵糧攻めにする持久戦の態勢を固めた。そして、塙直政の後任には織田家の重鎮の佐久間信盛を据《す》えた。

『信盛、一兵も寺から出すな。』

本願寺もこれに対抗して五十一ヵ所に櫓を備えた。


これより後半、五年の石山合戦は籠城戦に突入した。顕如は全国の門徒に救援を求め、上杉謙信・毛利輝元も門徒衆の中にいた。

上杉謙信は事情で動けず来援しなかったが、毛利軍は本願寺が破れると本国の領地が窮地に落ちるため動いた。

毛利軍は籠城の本願寺に食糧を運ぶため、大輸送団の輸送船六百艘余り、警備の軍船三百艘余りの大船団を作り、瀬戸内海から大阪湾に入り淡路岩屋沖に迫った。

貝塚、和泉《いずみ》沖で紀伊雑賀勢と合流して天正四年（一五七六）七月十四日、木津川口で織田軍の軍船と大海戦が始まった。

第一次木津川合戦である。

毛利水軍は、平安時代から瀬戸内海賊が主力で海では無敵であった。

織田軍の軍船を火矢《ひや》・焙烙《ほうろく》（火炎玉）で炎上させて打ち破り無傷で兵糧輸送をして大勝利をおさめた。

毛利水軍が大阪湾・紀伊水道・瀬戸内海の制海権を確保している限り本願寺は籠城できると顕如《けんにょ》は思っていた。


信長はこの制海権を毛利氏から奪い取る作戦を立てた。伊勢の水軍、九鬼義隆《くきよしたか》に大船六艘《そう》・滝川一益《かずます》に大船一艘を建造させた。

『毛利の攻撃の火矢・焙烙に燃えぬ大船を造れ！』

「信長公記」には「黒船」とある。

それは鉄張りの軍艦で、鉄砲をはね返す鉄版を張り大砲を装備し、五千を乗船させることが出来た。

軍艦が完成し大阪湾に到着すると、雑賀勢は無数の小舟で矢・鉄砲で四方から攻めた。

軍艦は高所から鉄砲で攻撃し、大砲で小舟を粉砕して威力を発揮して、雑賀勢は散々に打ち取られた。

『この軍艦の威力《いりょく》を見たか。毛利軍を海の藻《も》くずとして沈めてくれよう。』

天正六年（一五六八）七月以後はこの軍船が木津川口を封鎖した。

十一月、毛利軍は兵糧を満載して軍船六百艘余り、警備三百艘余りで木津川口に現れた。第二次木津川合戦である。新鋭の織田軍の軍艦は、毛利軍の敵ではなかった。

『毛利の軍船を大筒で撃てー撃て。』

毛利軍はたちまち撃沈されて、制海権は織田軍が握《にぎ》った。

石山本願寺との永い戦いの間には、信長の周囲でさまざまなことが勃発《ぼっぱつ》した。

越後の龍、上杉謙信《うえすぎけんしん》（長尾景虎《ながおかげとら》）は享禄三年（一五三〇）一月二十一日、の生まれ。

室町幕府の復権こそが、この乱世を終わらせる唯一の道と考えていた。

運は天にあり

鎧は胸にあり

手柄は足にあり

「毘沙門天《びしゃもんてん》」を深く信仰し、この一字「毘《び》」を軍旗に掲げ「義」重んじ、後世、軍神と称された。内乱続きの越後国を二十歳で統一して、産業振興にカラムシを栽培し、カラムシで織り上げた越後上布《えちごじょうふ》で莫大な利益あげ国を繁栄させた。他国からの救援を要請されると、秩序回復のため幾度となく出兵した。

信長が最も恐れ、狩野永徳が描いた「洛中洛外図《らくちゅうらくがいず》」屏風絵六曲一双《ろくきょくいっそう》を贈り、機嫌を取ったオトコである。《㊟カラムシは南アジアから日本で分布し、古来より植物繊維をとるために栽培された。別名が多く、青苧《あおそ》、苧《お》、真麻《まお》などと呼ぶ。越後上布は平織の麻織物。》

天正五年（一五七七）九月二十三日、手取川の戦い、加賀の国の手取川において上杉軍は織田軍に大勝した。

『織田軍が手取川を渡ったか、今だ、掛れ、一人も逃すな！』

『あれが織田随一の猛将、柴田勝家か、我が敵ではないワ。』

『信長。出て来て一戦せよ！』

そして、天正六年（一五七八）三月十三日、関東管領で北国の雄、謙信が上洛をしようと、準備を整えているやさきに厠《かわや》において脳卒中で急逝《きゅうせい》した。

謙信の辞世の句

四十九年　一睡《いっすい》の夢

一期栄華《いちごえいが》　一の酒　　享年四十九歳

『なに、あの謙信めが、厠で倒れおったか。予《よ》も強運ぞー。』

またしても、信長の強運は続いた。

本願寺はまさに風前の燈火《ともしび》のとき、摂津国の荒木村重が突然、信長に反旗をひるがえした。

播磨（兵庫県）三木城の別所長治《べっしょながはる》は二月から背いていたが、荒木村重が背くと高槻城のキリスタン大名・高山右近・茨城城主中川清秀も義理から信長に背いた。この二人は荒木村重の与力だった。

信長は寝耳に水、困惑した。

『何とー。村重が謀反。右近、清秀も離反したか。謀反の理由はなんだ！』

慌《あわ》てて朝廷に和議を働きかけながら高山右近・中川清秀を説得した。

『そうか、右近と清秀は村重を見捨てて戻ったか。』

二人は信長の説得に応じて、戦局は好転した。

『本願寺と和議など止めだ！』

信長は講和を辞退した。

天正七年（一五七九）九月、村重の有岡城は落城した。

織田軍説得の使者・黒田官兵衛（秀吉の軍師）はこのとき石牢から解放された。

『信長は裏切った者は絶対に許さぬオトコ、俺は今から風流だけに生きる。』

荒木村重《あらきむらしげ》は家族を捨て名物の湯呑み茶碗を抱いて、城を抜け出し尼ヶ崎に潜《ひそ》みどこかへ消えた。

信長は怒り一族三十人余りを京都六条河原で斬り、婦女百二十人余りを磔《はりつけ》にし、側室・下僕など五百人余り焼き殺した。

『村重出てこい。お前はこの光景をみても隠れているのか。』

天正八年（一五八〇）正月には三木城も羽柴秀吉の「三木の干し殺し」で落城した。

この光景は本願寺の事態を悪化させた。

毛利の兵は、続々本国に帰国してしまい本願寺の他国の応援の門徒も多く脱走してしまった。

石山本願寺は孤立無援《こりつむえん》となり殲滅《せんめつ》が迫った。

朝廷は見るに見かねたて本願寺に対して和睦《わぼく》を勧告《かんこく》した。

三月一日、関白近衛前久《このえさきひさ》や庭田重保《にわだしげやす》・勧修寺晴豊の勅使《ちょくし》が本願寺に講和条件について交渉した。

本願寺はなんとしても寺地《てらち》の維持《いじ》を申し立てたが信長は頑として譲らない。

ついに石山本願寺は退去を決定した。

天正八年（一五八〇）三月十七日（新暦：五月五日）目に若葉が染みる、菖蒲《しょうぶ》の花が咲く季節であった。

信長は血判起請文《けっぱんきしょうもん》を朝廷に提出した。《㊟現在（二〇一五）西本願寺に秘蔵されている。》

覚

一、全部のものの罪をゆるす。
一、天王寺北城は、まず近衛《このえ》家の人数に預け、大阪退城の時、太子塚を引き取り、講和使節団を入れる。
一、人質を遣《つか》わす。
一、本願寺と末寺・門徒の往来は以前のとおり。
一、加賀の江沼・能美《のうみ》二郡は退城以後の態度を見て返付する。
一、七月盆前に退城の処置を完了する。

一、花熊《はなくま》・尼ケ崎は大坂退城のとき渡すものとする。

三月十七日　　　　　　　　　　（信長）朱印

敬白起請《けいはくきしょう》

右の意趣は、今度本願寺を赦免《しゃめん》するように、天皇より申されたので、本願寺の方で異議がなければ、覚書の条件のとおり、少しも相違なく実行する。もしこの旨《むね》偽りを申すならば、

（以下熊野牛王裏書）

梵天《ぼんてん》・帝釈《たいしゃく》・四大天王、総じて日本国中の大小の神々・八幡大菩薩《はちまんだいぼさつ》・春日《かすが》大名神・天満大自在天神《てんまだいじざいてんじん》・愛宕《あたご》・白山権現《ごんげん》、ことに氏神の御罰を蒙《こうむ》るべきものである。このように奏進《そうしん》して下さい。謹言《きんげん》。

三月十七日　　　　　　　　　　信長（花押血判）

庭田大納言殿

勧修寺中納言殿

本願寺門跡《もんぜき》顕如・新門教如《きょうにょ》も閏《うるう》三月五日に朝廷に誓詞《せいし》を提出した。本願寺の内部対立の中、新門教如
顕如《けんにょ》は、紀伊鷺ノ森《さぎのもり》の御坊に四月十日に退去した。

も八月二日に退城した。

籠城の人々も蜘蛛の子を散らす如く退去した。

その日は西風が強く、華麗な本願寺の伽藍に火の手があがった。火は風にあおられて
天を焦がし三日間燃えて、ことごとく灰燼《かいじん》に帰した。

『燃える、燃える。石山本願寺に誰が火を付けた？』

石山本願寺の証如《しょうじょ》がこの地（大阪府）に移してから四十九年で大法城は信長の手中に
入った。《㊟蓮如＝実如＝証如＝顕如＝教如》

悪戦苦闘の十一年間の合戦は終結した。

『やっと、この地が我が手に入ったぞ。この地から異国に続いている海へ漕ぎ出すぞ！』

信長は海の果て唐・天竺《てんじく》を観《み》ていた。

近衛前久《このえさきひさ》は信長と本願寺の調停に乗り出して、ついに顕如は石山本願寺を退去した。

信長が十一年間かかっても攻め落とせなかった石山本願寺を開城させた前久を高く評価
した。

『麿呂《まろ》もやっと一国が手に入るか。』
前久が息子の信基《のぶもと》にあてた手紙には次の通り書いてあった。
『天下平定の暁には近衛家に一国を献上する。』
とあの信長が約束したとあった。

六、官位と馬揃え

現代の男社会では、肩書きがはばをきかせるが、聖徳太子が冠位（官位）十二階を制定したのは六〇三年である。信長の官位を見れば実に興味深い。

信長の家系が世襲していた官位名は「弾正忠《だんじょうちゅう》」であった。信長は天文二十三年（一五五四）に「上総守《かずさのかみ》」を称した。

これは朝廷から正式に与えられたものではなく勝手に名乗ったのである。《㊟上総国では親王が守《かみ》となるのが通例なのだ。》

信長が就任した官位は、次の通りである。

弾正少忠＝弾正大弼《だんじょうだいひつ》＝参議＝権大納言＝右近衛大将＝内大臣＝右大臣

天正二年（一五七四）三月、信長は渋る朝廷から参議に叙任《じょにん》させ、勅許《ちょっきょ》を得て東大寺正倉院の宝物、蘭奢待《らんじゃたい》を「一寸八分」切り取った。

『これが蘭奢待《らんじゃたい》か。東山殿が切り取った名香木であるか。』

『予《よ》が切り取り天下に示してくれよう。』

『カビ臭い朝廷とそれに群がる公家ども、信長の権威《けんい》を見よ！』

『直政、帝《みかど》に献上《けんじょう》せよ。』

《㊟蘭奢待《らんじゃたい》とはお香を嗅ぐ香木。東山殿は室町幕府八代将軍足利義政のことである。東山家伝来の宝物を東山御物という。直政とは塙直政。》

天正三年（一五七五）、朝廷は信長に叙任《じょにん》を打診したが、信長は丁重に断り朝廷に次の通り奏上した。
『信長に代わり、家臣に叙位《じょい》・叙任《じょにん》をして頂きたい。』
七月三日の除目において、松井友閑・武井夕庵《せきあん》・明智光秀・丹羽長秀・塙直政・梁田《やなだ》広正ら家臣が叙位・叙任を賜まった。
松井友閑＝宮内卿法印《くないきょうほういん》
武井夕庵《せきあん》＝二位法印《にいほういん》
明智光秀＝惟任日向守《これとうひゅうがのかみ》
丹羽長秀＝惟住《これずみ》五郎右衛門
塙《ばん》直政＝原田備中守《かみ》
梁田広正＝別喜右近《べつきうこん》

としたのである。

信長家臣への飴と鞭《むち》である。

信長は出目に関係なく人材を登用した。

『そちに、城代を命ずる！』

信長が若い頃、清須城の城代に出世させたのは、甲斐出身の埴原加賀守《はいばらかがのかみ》であった。大抜擢で周囲を驚かせた。

信長は能力と実力主義で人（家臣）を評価し使った。

信長は甲斐の武田勝頼を牽制するために、常陸《ひたち》の佐竹義重《よししげ》と誼《よしみ》を通じ、朝廷に働きかけて、天正四年（一五七六）六月十日、義重に「従五位下常陸介《ひたちのすけ》」の官位が与えられた。

『常陸の佐竹に官位を与え武田の背後を突かせて見ようぞ。』

信長の人使いの神髄《しんずい》である。

佐竹義重は「鬼義重《おによししげ》」とおそれられ、毛虫の兜をかぶり「一歩も引かない兵」として、名をはせた。

秀吉時代は、常陸《ひたち》（茨城県）で五十四万石の大々名になったオトコである。

天正五年（一五七七）十一月、信長は右大臣に昇進する。

天正六年（一五七八）四月、信長は突然、右大臣と右近衛大将《うこんえたいしょう》を辞任した。

『参内など面倒だ！』

『この信長に官位など要《い》らぬわ！』

と言って朝廷を驚ろかせ震撼《しんかん》させた。

天正九年（一五八一）二月二十八日（新暦：四月十六日）、春の雨上り、あちらこちらに黄色の山吹が咲く頃だった。

信長は皇居東門外で馬揃《うまぞろ》えを行い、正親町《おおぎまち》天皇が御覧になった。

総奉行は明智光秀が務めた。

信長は本能寺を午前八時に出発した。

「信長公記」に馬揃えは次の通りに記してある。

一番は、丹羽長秀、および摂津衆・若狭衆。

二番は、蜂谷頼隆、および河内衆・泉和衆。

三番は、明智光秀、および大和衆・上山衆。

四番は、村井貞成、および根来衆・上山衆。

次に、織田家一門の人々。織田信忠以下一門。

次に、近衛前久以下公家衆。

次に、旧幕臣衆。細川昭元・細川藤孝。

次に、お馬廻り衆。

次に、越前衆。柴田勝家・不破光治・前田利家・金森長近。

次に、お弓衆百人。


そして、信長本隊。

信長は大黒《おおぐろ》という馬に跨《また》がっていた。

信長の装いは描き眉《かまゆ》の化粧をし、金紗《きんしゃ》のほうこうを着つけた。

頭冠《とうかん》で、後ろに花を立てた。

「梅花を折りて　首に挿《さ》せば、二月の雪衣に落つ。」

という高砂大夫に似せた扮装である。

下に着た小袖《こそで》は、紅梅文様、段替わりに桐唐草《きりからくさ》文様。その上に蜀江錦《しょっこうにしき》の小袖《こそで》で金糸の刺繍《ししゅう》がしてあった。

肩衣《かたぎぬ》紅色の桐唐草文様。袴も同じ。

腰に牡丹の造花を挿《さ》した。

これは、天皇から頂戴したものである。

腰蓑《こしみの》は白熊。太刀は金銀飾り。

脇差しは金銀飾りの鞘巻《さやまき》。腰に鞭《むち》を差し、弓懸《ゆがけ》は白革で桐の紋がある。

沓《くつ》は唐錦《からにしき》であった。《㊟金紗《きんしゃ》とは唐・天笠で帝王が着るものである。弓懸とは弓を射る時の革手袋。》

『信長め、あの姿は唐の皇帝気取りか！』

近衛前久は危険だと思った。

正親町《おおぎまち》天皇は金銀で豪華に飾られた御座所で見物していた。

『譲位《じょうい》をせまり、暦を替えよという信長め！

この馬揃えは朕《ちん》に何を見せつけるきか！』

正親町天皇《おおぎまちてんのう》は今日の晴天とは違う鎮痛《ちんつう》な思いであった。

信長に対抗する勢力はほとんど無くなった。

北条氏政と同盟を結び、石山本願寺とは、和議を結で事実上は解体させた。

機内を完全に平定し、北国の加賀・越前・越中、中国の播磨・備前・美作・山陰の丹波・丹後を手中に治めた。

「天下布武」を掲《かか》げ十八年が過ぎた。
西の毛利、四国、九州の勢力を平定すればこの国を手中に治めることができる。
信長は絶頂期に足した。
天皇から付与された「天下静謐《てんかせいひつ》」（天下の平和）がやっと完成できる。
『みな、見るが良い、この国の主《あるじ》は、この信長だ！』
『老いた帝よ。役に立たない貧乏公家ども、この国の皇帝は信長だ！』
信長は昂揚《こうよう》し心で叫んだ。

七、暦

一九八三年十一月七日、奈良県の明日香村で世紀の大発見がなされた。

キトラ古墳の四方の壁画には、方角を守る想像上の四神が描かれている。北に玄武《げんぶ》・西に白虎・東に青龍・南には朱雀《すざく》である。

石室の天井には三五〇余りの金の星々、星と星は赤い線で結ばれている星官《しゅくかん》（星座）が六十八、描かれている。

天文図には参宿《しゅんしゅく》（オリオン座）、北斗、孤矢《こし》（弓と矢）、老人星（カノープス）などの星座に四つの円、外規・天の赤道・内規・太陽の通り道の黄道が描かれている。描かれている星の中で興味深いのは、南半球の老人星（カノープス）である。この星を見ると長生きができ、見えた年は国がよく治まるという。

全天で二番目に明るい恒星《こうせい》である。

キトラの天文図が特に注目されるのは、全天を描いた精緻《せいち》な現存世界最古のものだからである。《㊟老人星（カノープス）がよく見えるのは冬の星座で二月二十日、二十時頃、冬の

大三角形の下、南方の地平線近くである。精緻《せいち》とは非常に精密で、きめが、細かいようす。》
この天文図の謎は、いつの時代にどの場所の星々を描いたものか、なぜ日本に存在するのかを、現在の考古学、天文学的に解明されようとしている。
天文図は、二〇一六年秋に一般公開される予定である。
天文図と暦は、密接で深い関係があって、日本書記には六〇二年、「百済《くだら》の僧、観勒《かんろく》が暦本《れきほん》を献上」と書いてある。

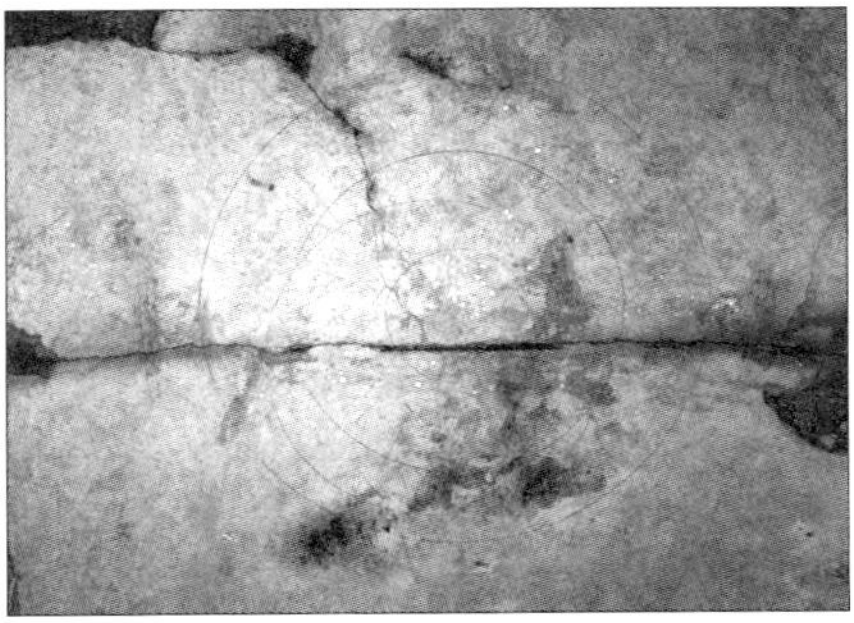
キトラ古墳壁画　天井天文画。

暦の作製は天皇の制定権である。

しかし、天正十年（一五八二）一月三日（新暦：三月二十二日）春はあけぼの頃、雀が枯れ草や毛を集め、巣づくりを始める季節に信長から暦の変更要求あった。

この年、（一五八二）西洋では一〇〇〇年間用いた暦をあらためて現在に続くグレゴリオ暦が始まった年であった。

日本でも東国で多く利用し、信長も慣れ親しんでいた尾張の暦（三島暦）と朝廷が定める京暦（宣明暦）の間に矛盾があった。それは尾張の暦（三島暦）では、十二月のあとに閏十二月とするのに対して京暦（宣明暦）では、翌年一月のあとに閏一月をいれるという、元日が一ヶ月ずれる大問題があった。

信長はすでにイエズス会のヴァリニャーノをはじめ宣教師たちから西洋暦（グレゴリオ暦）を聞いてヨーロッパの最新情報を得ていたのである。


朝廷の陰陽頭《おんみょうのかみ》土御門《つちみかど》家が暦の作製を世襲していた。

土御門治部大夫は信長から安土に呼ばれ、要求された。

「今年（天正十年）十二月に閏月《うるうつき》を設けるか否か」のことであった。

治部大夫は至急上洛し参内して、天正十年十二月の尾張の暦と同様に閏月を京暦（宣明暦）に設けるように変更を奏上した。

『信長公が京暦を尾張暦に変更せよと申し候。』

近衛前久から呼び出しがあり、高倉永相・中山親綱・広橋兼勝と勧修寺春豊が信長の申し出を協議した。

『信長め、暦まで無理難題を要求するとは如何と致す。』

『暦は帝がお決めになることではないか。』

結局、天皇からの変更の許可はおりなかった。

『陰陽頭土御門治部大夫《おんみょうのかみつちみかどじぶだゆう》は参内に及ばず。禁止を申しつける。』

と天皇から大不興をかった。

晴豊の「春豊記」は次の通り記してある。

『いわれざる事也。これ信長むりなる事也。各申事也。』

朝廷側が譲歩しなかったのは、朝廷権力の象徴である暦問題には妥協が出来なかったのである。

天皇の思いは、

『信長め、暦の変更を言い出すとは許せぬ。時を支配するのは朕《ちん》（天皇）である。』

信長の思いは、

『朝廷の京暦（宣明暦）は、尾張暦よりも使いにくい。暦は使いやすい尾張暦の方が良いではないか。朝廷はくだらぬ権威にこだわるのか！』

信長は本能寺の前夜にも暦問題を蒸し返したが、本能寺の変で消滅してしまった。

《㊟日本におけるグレゴリオ暦導入は明治五年（一八七二）に、従来の太陰暦を廃し太陽暦を採用した。グレゴリオ暦一八七三年一月一日に当たる明治五年十二月三日を明治六年一月一日とした。》

八、馬・鷹・茶の湯・花

厩《うまや》はどこの城でもあったが、現在（二〇一五）では国宝・彦根城だけでしか見られない。信長は無類の馬好きであった。安土城の厩《うまや》には十三頭の信長専用の馬が常時いたという。

馬を貰《もら》った先は次の通り「信長公記」にある。

長篠の戦いで武田勝頼は敗走するとき愛馬を乗り捨てた。

『これが四郎（勝頼）が捨てた馬か！』

（武田勝頼の馬、信忠に下賜《かし》）（天正三年五月）

奥州・伊達輝宗（天正三年十月）

相模・北条氏政（天正八年三月）

宇都宮貞林　　（天正八年閏三月）

『これはなかなかの名馬だ。秘蔵としようぞ。』

奥州・蘆名《あしな》盛隆（天正九年八月）
『うむ、これが奥州きっての名馬か。』
信州・木曽義昌（天正十年三月）
駿河・穴山梅雪（天正十年三月）
信州・小笠原信嶺（天正十年三月）
『この馬も名馬である。厩《うまや》に入れよ。秘蔵とする。』
相模・北条氏政（天正十年四月）
『北条の十三頭の馬は要らぬ。氏政に即刻返せ。』

信長が馬を贈った先。
豊後の大友宗麟《おおともそうりん》（天正三年二月）
『豊後の宗麟《そうりん》へよき馬を贈れ、九州の道案内をさせる！』
高山右近（天正六年十一月）
中川清秀（天正六年十一月）
織田信忠（天正九年七月）
『信忠に予《よ》の秘蔵の名馬を遣《つか》わす。』

滝川一益（天正十年三月）
徳川家康（天正十年四月）
等である。

鷹を貰《もら》った先は次の通りである。
奥州・伊達輝宗（天正三年十月）
奥州・南部政直（天正六年八月）

「信長公記」よると出羽《でわ》・陸奥《むつ》から鷹を献上とあり信長は大変に喜んだ。
『なに、出羽で白鷹が取れたと！』
《㊟出羽の大宝寺義興《だいほうじよしおき》が送った十一羽の内、白鷹一羽であった。天正七年七月》
奥州・遠野孫次郎（白鷹一羽）（天正七年七月）
武蔵・北条氏照（天正八年六月）
相模・北条氏政（天正八年三月）
土佐・長宗我部元親（天正十年三月）
出羽・安東愛季（黄鷹五羽）（天正九年七月）

相模・北条氏政（天正十年四月）
『氏政から献上だと、この鷹は気に入らぬ、すぐに返せ！』
『毛利征伐がすんだら氏政も成敗してくれよう。』

信長が鷹を贈った先。
滝川一益ら五名（天正七年六月）
織田勝長（天正九年十一月）
『源三郎（勝長）には可哀そうな思いをさせた。良き鷹を遣わす。』
《㊟信長の五男、勝長は武田氏の人質から解放され犬山城主となる。》
この当時、馬や鷹は貴重で贈答、下賜《かし》品の定番だった。信長は戦場の偵察の道中でしきりに鷹狩りをした。

天正三年（一五七五）十月二十八日（新暦：十二月九日）、茶の花の凜《りん》とした白さが、寒気に冴《さ》えていた。
信長は京都・堺の茶人十七人を妙覚寺に招いて茶の湯の会をした。茶頭は千宗易《せんそうえき》（利休）が務めた。

「信長公記」によれば次の通りである。

座敷飾り、
一、床には、「煙寺晩鐘《えんじばんしょう》」の掛け軸を掛け、「三日月」の茶壺を置いた。
一、違い棚には置物、七っ台に白天目茶碗、内赤の盆に「九十九髪《つくもかみ》」の茶入れ。
一、下には合子《ごうす》の建水《けんすい》を蓋《ふた》にして置き、「乙御前《おとめごぜん》」の釜。
一、「松島」の茶壺のお茶。

室内の乙御前《おとめごぜん》の釜から静寂を破る湯の沸く音、茶頭の宗易（利休）は手際良く濃紺黒の鈍く光沢を放つ茄子《なすび》の形をした、九十九髪《つくもかみ》の茶入れから白天目茶碗に抹茶を入れ、湯を注ぐ。

茶筅《ちゃせん》の流れるようなサバキ。

『見事！』

誰もが息を飲む。

信長は足利将軍家が所持していた名物や茶器、東山御物を収集した。「これを名物狩り」という。《㊟東山御物は足利八代将軍義政によって収集された品。》

名物の中で特に注目の品は次の通りである。

永禄十一年（一五六八）戦国の極悪人・松永久秀が信長に献上した九十九髪の茶入。《㊟久秀は主家を滅ぼし、将軍足利義輝を殺害し、東大寺を焼いた。また、九十九髪は明治時代に岩崎弥太郎が大謝金して購入した。》

煙寺晩鐘《えんじばんしょう》は足利義満の愛蔵品で南宋時代の画僧・牧谿《もっけい》の作である。

『何と、これが、室町殿《むろまちどの》（義満）が、秘蔵した牧谿《もっけい》の山水画の傑作か。今にも吸い込まれそうな情景ではないか。』

『見ずして死ねぬ！』

という傑作である。《㊟煙寺晩鐘図《えんじばんしょう》は厚い煙霧に包まれる日没の瞬間、かすかな光の中に遠くの寺と取り巻く樹木が大気に浮かぶ中国山水画の傑作。：縦三十二・八センチ　横一〇四・二センチ。足利義満は室町第三代将軍で別名、室町殿《むろまちどの》と呼ばれ、金閣寺を造った。》

天正九年（一五八一）十二月二十二日、秀吉は因幡《いなば》鳥取城を兵糧攻めにした。世にいう「渇《かつ》え殺《ごろ》し」で味方の死兵を出さず平定した。

「乙御前《おとめごぜん》」の釜を信長から褒美に貰《もら》った。《㊟乙御前・釜の形状は丈が低く全体にふっくらした釜、「お多福の面」のようにふくよかであった。》

信長から乙御前《おとめごぜん》を貰った秀吉は、感激して涙を流した。

『はっ、はー。我が家宝として頂戴いたしまするー。』

天正三年（一五七五）三好康永は降伏の証として「三日月」の茶壺を信長に献上した。「天下無双の名物」値段は五千貫とも一万貫ともいう。

残念ながら信長時代に焼失した。

当時、名物の茶器一つで国が買えた。《㊟現在の価格で五千貫は約七億である。》

天正五年（一五七七）十二月二十八日、信長は安土城に来た嫡男・信忠に唐物茶壺「松花」（松島）を与え、その後、豊臣秀吉を経て、徳川家康の所有となる。家康は「松花」を徳川御三家の尾張初代藩主・徳川義直に譲り現代に伝わる。《㊟松花は、元々はルソン壺で茶葉保存用の容器に転用されて書院の飾り道具して珍重された。》

「白天目茶碗」は側面がふっくらとした茶碗で口縁部《こうえんぶ》が覆輪《ふくりん》（金銀で飾った器物のふち）側面は清楚《せいそ》な白釉《はくゆう》、見込（茶碗の内側）に溜《た》まったビードロの黄緑色と各色が、見事に調和のとれた発色の茶碗である。《㊟白天目茶碗は近年（二〇一五）発掘により岐阜県多治見市の窯跡で焼いた物である。》

三大名物茶入は「初花肩衝《はつはなかたつき》」・「新田肩衝《にったかたつき》」・「楢柴肩衝《ならしばかたつき》」をいう。元は唐国《からこく》の香料入れや調味料の容器であった。海を渡り足利義政や茶人に見立てられて茶入れになった。

「初花肩衝《はつはなかたつき》」は、信長所有であったが本能寺の変の後に徳川家康が賤ケ岳《しずがたけ》の戦いの戦勝祝に羽柴秀吉に贈った。またそれが廻って徳川家康に帰ってきたのである。

「新田肩衝《にったかたつき》」は、信長の手許から大友宗麟・秀吉へ移り、慶長二十年の大阪城落城で焼けた。

しかし、焼け跡から見つけられて塗継ぎされ家康の所有となった。

「楢柴肩衝《ならしばかたつき》」は、博多の豪商・島井宗室《そうしつ》の手許にあった。

信長は近衛前久によって「楢柴肩衝《ならしばかたつき》」を餌《えさ》に本能寺に百人余りの伴《とも》だけで誘《おび》き出された。

九州征伐を視野に入れた信長は、堺と同様に九州の重要な博多湊《みなと》を手に入れる必要があった。

博多の豪商・島井宗室《そうしつ》は、織田軍の九州征伐に必要な装備品（鉄砲・焔硝《えんしょう》・玉）の商いをして巨万の富を得ることで、二人の利害は一致した。

島井宗室のもう一つの目論見《もくろみ》は、博多の商いの権利を独占することにあった。

信長に権利を承認させるため「楢柴肩衝《ならしばかたつき》」は、切り札であった。

この二人を引き合わせることをセットしたのが近衛前久《このえさきひさ》で有り、本能寺の茶の湯であった。

近衛前久は天正三年（一五七五年）、信長の奏上により、帰路を許された。以後は信長と親交を深めていった。九州に下向して大友氏・伊東氏・相良氏・島津氏らの和議を図った。

天正五年（一五七七年）に京都に戻り、翌年には准三宮《じゅんさんぐう》の待遇を受けた。

島井宗室とは九州へ下向時に親交を深めていた。

本能寺の茶会は、表の主賓《しゅひん》は前久で裏の主賓《しゅひん》は、島井宗室であった。

この物語の続きは「本能寺」でしたい。

「楢柴肩衝《ならしばかたつき》」のその後は博多の豪商・島井宗室の手許から筑前・秋月種実《たねざね》へ渡り九州攻めで秀吉の手許へ、そして、家康の所有になった。

しかし、明暦《めいれき》三年（一六五七）の振袖《ふりそで》火事で行方不明となった。《㊟振袖火事は明暦の

大火。》

信長が好きな花は意外にトウモロコシの花だった。

世界三大穀物で年間世界生産量は、二〇〇九年に八億千七百万トンに達する。

日本には天正七年（一五七九）にポルトガル人が持ち込んだという。

雄花は茎の先端にススキ状に咲く。

一方、雌花は茎の中程に有り、たくさんの長く伸びた赤い糸の様なもので、神秘的な赤い光沢《こうたく》がある。

この雌花を「絹糸」と呼び赤いシルクの美しさがある。

信長はトウモロコシの「赤いシルク」の雌花が好きだった。

『赤い絹糸が何とも言えぬ、美しい。これが唐《から》のモロコシの花であるか。』

信長は食用のトウモロコシでは無く鑑賞花として見ていた。

信長ならではの南蛮好みであろうか。

茶席の床に飾られたとすれば皆の意表を突いたことに違いない。

トウモロコシの話が出たので、信長が開いた薬草園についても話したい。

その前に家康が薬草マニアだったことは多く知られている。

駿府に隠居してからは、薬草園で栽培した、薬草を自分で調合して薬を作り、自身の健康管理に使用した。

最後に天下を取れたのも三傑（信長・秀吉・家康）の中で長寿であったからだと言われている。


永禄十一年（一五六八）信長は、甲賀忍者の先導で南近江の六角（義賢）氏を滅ぼした年、ポルトガル人宣教師の進言を受けて、伊吹山に薬草園を作らせた。

信長の薬草園は、初めは家臣の怪我や病気を治すためだった。

甲賀忍者秘伝の火薬の材料や毒草も栽培され西洋の薬草は三千種に及んだ。火薬にはヨモギ（硝酸カリウムの結晶）など使い、毒草にはトリカブト、ドクウツギ、ドクゼリなどを栽培した。

『何としても、雨にも消えぬ火縄を作れ。武田征伐に必要じゃー。』

信長の軍事研究所に違いない。

現在、信長の薬草園は、確認されていないが、今でもキバナノレインソウ、イブキノエンドウ、イブキカモジグサなどヨーロッパ由来の植物が生息し信長の薬草園は、確かに存在したと考えられる。
昔から伊吹山は薬草の宝庫として知れていた。
『伊吹山に薬草を植えよ、南蛮の役に立つ種を蒔《ま》け！』
この場所に目を付ける信長は凄いと言わざるをえない。

九、密議

安政三年（一一七七）六月、平家打倒の事件「鹿ヶ谷《ししがたに》の陰謀《いんぼう》」は有名である。京都、東山鹿ヶ谷《ししがたに》で平清盛を打倒するために密議をした。しかし、この陰謀は清盛に知れて未遂《みすい》に終わったが、これをきっかけに平家は滅んだ。

物語を進める前に近衛前久《さきひさ》の半生に触れる。

天文五年（一五三六）前久は、関白太政大臣近衛植家《たねいえ》の長男として五摂家（摂関家）筆頭近衛家という公家社会最高の名門に生まれた。信長の二歳下である。五歳で元服、五位下に叙し昇殿、十八歳で関白左大臣となり、藤原氏長者に就任した。

永禄二年（一五五九）、越後国の上杉謙信（長尾景虎）が上洛した際、互いに意気投合し血書《けっしょ》の起請文《きしょうもん》を交わした。しかし、謙信の関東平定が立ち行かなくなると、次第に二人の間は冷えきって、永禄五年（一五六二）八月、失意のうちに帰路する。

『このありさまでは謙信が関東を平定して、天下に号令をするには時が懸《かか》ろう、麿《まろ》は京へ帰る。』

永禄八年（一五六五）、永禄の変では三好三人衆と松永久秀は、将軍・足利義輝を殺害した。その罪を問われることを危惧して彼らは前久を頼った。

前久は将軍義輝の従兄弟であった。

『何に、久秀どもが義輝公を殺害したと、姉上（慶寿院）はどうなった。』

義輝の正室は前久の姉であったが殺害せずに彼らが保護した。

『姉上は無事であったか。』

そこで彼らが推《お》す足利義栄（第十四代）の将軍就任を渋々決定した。

永禄十一年（一五六八）、信長が足利義昭を奉じて上洛を果たした。

義昭は、兄である将軍義輝の殺害に前久も関与していると疑った。

『兄上（義輝）を殺害した一味に関白前久も加わっている、許せぬ！』

更に先の関白二条晴良も前久を追及した。

『義昭公のご推察の通りでごじゃる。』

義昭と晴良らは前久を朝廷から追放した。

『ここはしばらく、顕如《けんにょ》を頼るしかあるまい。』

前久は、関白を解任されて摂津国の顕如を頼り石山本願寺に移った。

この時点では、前久自身には信長に敵意がなかった。前久はそれよりも将軍足利義昭と関白二条晴良の二人と、確執があって彼らの排除が目的で後の信長包囲網に参加した。

天正元年（一五七三）に義昭が信長によって京都を追放され、一方の晴良も信長から疎んじられた。前久は「信長包囲網」から離脱して、天正三年（一五七五）、信長の奏上により、帰路を許された。以後、信長とは良好な関係を保っていた。

天正十年（一五八二）四月十一日、武田征伐の帰路での途中の左右口《うばぐち》を出発したところの話に戻る。

柏坂に差し掛かった時、信長を背後から追ってきて、

『それがしも連《つ》れて賜《たも》れ！』

と、馬上の信長に公家の近衛前久が声を掛けた。

信長の官位からすれば本来は馬から飛び降りて返答すべき相手であった。

ところが信長は馬に乗ったまま振り向きざまに、

『われなんどは木曽路を上らしませ！』

信長の甲高い声に凄味があった。

近衛前久ら公家五十騎と下僕百五十人余りは木曽路を京へ向かった。

『信長め、本性を現しおったわ！』

近衛前久は憎悪と侮辱に震えた。


四月十七日（新暦：六月三日）、梅雨空に青紫の紫陽花《あじさい》の花が美しく咲いていた。

近衛前久《さきひさ》は帰国して早速、禁裏《きんり》に武田征伐の報告に参内した。京都御所の奥、正親町天皇《おおぎまちてんのう》の御座所、御簾《みす》の向こうに髪が白い六十五歳になる帝《みかど》の姿あった。

正親町天皇は弘治三年（一五五七）、後奈良天皇の崩御《ほうぎょ》により四十歳で第一〇六代天皇となった。

しかし、当時は天皇や公家は困窮《こんきゅう》していた。戦国大名の毛利元就の献金で三年後やっと即位の礼が挙げられた。正親町天皇は元就《もとなり》に褒美《ほうび》として従五位下・右馬頭《さまのかみ》の官位を授けた。皇室の紋章・菊と桐の模様を使うことを許可した。石山本願寺の法主の顕如《けんにょ》も莫大な献金をして門跡の称号を受けた。

禁裏の天皇御座所では、すでに勧修寺尹豊《ただとよ》が帝と密議をしているようであった。勧修寺尹豊《ただとよ》はすでに十年前に官位を辞して出家し法名を紹可《しょうか》と言った。

隠居の七十九歳の老人が何故ここにいるのだろうかと前久《さきひさ》は思った。

勧修寺家は、藤原北家の支流の武家伝奏をつとめる家で、勧修寺晴豊《はれとよ》の祖父であった。

近衛前久は儀礼の挨拶を済ませ武田征伐を報告した。信長が恵林寺を焼いた顛末《てんまつ》について詳細に奏上《そうじょう》した。

正親町天皇《おおぎまちてんのう》は勧修寺尹豊《ただとよ》に向かって言った。

『前内府入道《ぜんないふにゅうどう》よき策はないか！』

『信長は誠仁《さねひと》親王に譲位せよと何度もせまり、暦を尾張暦に替えよと難題を奏上に御座ります。』

『天皇家存続の危機にごじゃる。信長、打倒しかごじゃりませぬ。』

勧修寺尹豊《ただとよ》は、世捨て人の老人にしては野太い声で言った。

前久の脳裏《のうり》をよぎった。

皇位継承者の誠仁《さねひと》親王は、正親町天皇《おおぎまちてんのう》の実子で勧修寺晴豊の義理の弟、勧修寺尹豊《ただとよ》の義理の孫にあたる。だからこの老人がこの座に召されたのか。

『太政大臣（前久）、信長を誅《ちゅう》せよ！』

正親町天皇《おおぎまちてんのう》が前久に厳命した。

その声は悲壮感が漂っていた。

『くれぐれも密なる事、よしとする！』

前久はしばらく考えてから大仰に拝礼した。

『謹んで拝命いたしまする。』

勧修寺尹豊《ただとよ》が前久に向かって言った。

『太政大臣殿、よき者はござらぬか。明智日向守《あけちひゅうがのかみ》は如何でごじゃるか。』

『明智はたしか清和源氏で美濃源氏土岐《とき》氏の出とか申してごじゃらぬか。平家を祖という信長を打倒するのは因縁ではごじゃらぬか。源頼朝が清盛入道（平家）を成敗せんと、挙兵したと同じでごじゃる。』

『綸旨《りんじ》は出せぬゆえ、節刀《せっとう》に代わる短刀を明智にあてえては如何でごじゃりましょうや。』

前久が言った。

『誠仁親王《さねひと》から良き短刀を下賜《かし》し、綸旨《りんじ》は口上《こうじょう》にてとりはからいましょう。良き餌《えさ》もごじゃりまする。』

三人の密議はこうして終わった。

《㊟綸旨《りんじ》は天皇の命令書。節刀《せっとう》は辺境の反乱を鎮圧する印の短刀》

十、本能寺

本能寺の変は天正十年（一五八二）六月二日である。

イエズス会のルイス・フロイスの「日本史」によれば、一五八二年六月二十日、水曜日とある。（グレゴリオ暦）

現在の本能寺は、天正十五年に秀吉の命で京都市下京区本能寺前町に移転した。《注 京都市役所の近くにある。》実際に本能寺の変があった場所は、京都市中京区油小路薬師で、そこに石碑が立っている。

本能寺はたびたび被災したので「能」の字の「ヒヒ」を避けたいと「去」という文字で「本䏻寺」と書いてある。《注 跡地は特別養護老人ホームになっておりそこに碑がある。》

物語は少し前に戻り四月十九日、近衛前久《さきひさ》は突然、

本䏻寺跡

公家の最高官職の太政大臣を辞任した。

四月二十二日、武家伝奏の勧修寺晴豊は安土へ下り、森蘭丸に対し次の通り語ったことを自らの日記「日々記」に記した。

「関東　打はたされ　珍重候間《めでたきそうろうま》、将軍になさるべきよし」

『武田征伐、誠におめでたくごじゃりまする。将軍にご就任なされませ。』

朝廷は「太政大臣」「関白」「将軍」の三職を信長に推挙した。信長は、勧修寺晴豊には直接会わず丁重にもてなして回答を避けた。

信長の武田征伐までは、近衛前久が「太政大臣」を就任していた。

朝廷は「太政大臣」を含む三職を推挙するのは、前代に未曾有の事で朝廷存続の危機であった。

五月十一日、織田信孝に丹羽長秀を副将につけて阿波の長宗我部《ちょうそがべ》征伐へ出陣を命じた。

『信孝、長曾我部を撃つ準備をいたせ、五郎左《ごろうざ》（長秀）を付ける。』《㊟信孝は信長の三男》

五月十五日、安土城に家康、穴山梅雪が安土接待を受けるため到着した。

『武田征伐の帰路では苦労をかけた。』

『三河（家康）殿、馬と鎧は頂戴いたす。カネは京見物に持っていかれよ！』

家康はこの時、名馬と鎧三百領、黄金三千枚を持参した。

家康の土産を見た信長は顔を崩したが、黄金三千枚は受け取ろうとしなかった。しかし、この黄金三千枚が本能寺の変での伊賀越えで役に立つとは家康は思っても見なかった。

明智光秀が接待役を命じられた。

『接待役を日向守に申し付ける！』

『はっ、はー。謹んで接待役を務めまする。』

光秀は名誉と感じて京都、堺から珍味を求めて接待した。

接待は五月十五日から十七日までの三日間に及んだ。

五月十六日、安土城のある部屋で事件が起きた。

遡《さかのぼ》ること、元亀元年（一五七〇）斉藤利三《としみつ》は、稲葉一鉄から明智光秀に転仕《てんし》した。

『上様（信長公）の取り成しでも、稲葉家には帰参いたさぬ。』

一鉄は激怒して信長に訴えたが、信長の取り成しでも斉藤利三は稲葉家への帰参を断った。

今回また、利三《としみつ》が稲葉一鉄の家老、那波直治《なわなおはる》を明智家に引き抜こうとした。

一鉄は憤慨《ふんがい》して、信長に光秀から直治を返すように願い出た。

『光秀、お前はまた一鉄の家臣に手をだすか。直治をすぐ返せ！』

信長の命令を聞かないために光秀を足蹴りし、髪を掴み突き飛ばした。

『内蔵助（利三）を切腹させよ！』

『三十万石の大禄《だいろく》を下さるよりも良き家臣を求めるは、上様への奉公に御座います。』

光秀は弁明し唇をかんだ。

光秀は憔悴《しょうすい》のなか退席したが、哀れな姿の光秀を廊下で見かけて家康が声をかけた。

『日向守殿《ひゅうがのかみどの》、いかがなされたか！』

『それは難儀なこと、某《それがし》から信長公に取り成しいたそう。』

家康は光秀の難儀を知り信長にとりなした。


元亀元年（一五七二）六月二十九日、姉川合戦のとき浅井・朝倉連合軍、一万四千と織田・徳川連合軍、二万一千が姉川を挟んで対峙した。

家康は信長に申し出て、朝倉軍の八千を選び戦った。

家康軍は五千の兵であったので、信長は加勢軍をいかほどでも付けると言った。

『されば稲葉殿にご加勢を願いたい。』

家康は稲葉一鉄軍の千を選んだ。

一鉄は少数軍だと言って断ったがしかし、家康は一鉄の武功を知り是非にと頼んだ。

少数の徳川・一鉄軍は、大軍の朝倉軍を猛攻で打ち破った。

信長は、一万五千の大軍で十三段に構えて六千の浅井軍と戦った。

浅井軍は、信長軍の十一段まで突破して信長本陣に迫る勢いのとき、家康の後方にいた一鉄軍千は、信長の危機を見て浅井軍の右翼を衝《つ》いた。

浅井軍を大いに破り総崩れにしたことで、信長軍も立て直し形勢を逆転させた。

論功では家康第一。一鉄が第二と激賞を受けた。このときより家康と一鉄は互いに感嘆《かんたん》の仲となったのだ。

一鉄は家康の取り成しを知った。

『三河殿（家康公）が上様に取り成されたのであれば収めねばならぬ。』

光秀も家康の仲裁ならば那波直治《なわなおはる》を稲葉家に返すという条件を飲んだ。

そして、信長は次の通り光秀に言った。

『光秀、直治を一鉄に返えせ。』

『内蔵助（利三）は光秀のもとで励め！』

この光景を見ていた蘭丸は信長にこっそり言った。

『後に日向守《ひゅうがのかみ》が謀反を企てるかもしれず、成敗を致しましょう。』

信長は笑って手を振った。

光秀は家康の取り成しに謝意を示した。

又、斉藤利三も家康の取り成しを知り心に刻んだ。

『このご恩、忘れ申さず！』

五月十七日、
備中高松城水攻めをしている秀吉から信長の許《もと》へ早馬が来た。

「高松城を水攻めにしたところ、毛利軍五万もの大軍で救援に押し出て来ましたので上様（信長公）に、是非、是非、御来援の程お願い申し上げます。」

『サルめ、泣きよるわ！』

信長は嬉しそうに書状を読んだ。

毛利攻めに光秀の組下の細川忠興《ただおき》・筒井順慶《じゅんけい》・池田恒興《つねおき》・中川清秀・高山右近らに先鋒《せんぽう》を命じ、その準備に居城へ帰国させた。

信長は自ら出馬を決意して、家康の接待役を近習の長谷川秀一らに替えて、光秀にも秀吉の援軍に出陣を命じた。

『光秀も毛利攻めの準備を致せ！』

と居城の坂本に帰国させた。

「光秀の所領の丹波《たんば》一国と坂本と没収し、その代り毛利の領地、出雲《いずも》・石見《いわみ》の両国を切り取り次第に与える」

と信長から使者が来た。

書状を読んだ光秀は愕然《がくぜん》とした。

『我らも使い捨てにする所存か！』

利三は憤慨《ふんがい》した。

信長は、利三の妹婿である四国の長宗我部元親《ちょうそかべもとちか》征伐を信長の三男・信孝に与え、光秀のこれまでの長宗我部元親《ちょうそかべもとちか》との折衝の窓口を切った。

山科言経《やましなことつね》の「言経卿記《ことつねきょうき》」には次の通り書いてある。

「今度　謀反《むほん》　随一は利三」

当時、公家の間で評判になった。

五月十九日、

信長は安土山の総見寺《そうけんじ》で、幸若大夫《こわかだゆう》と梅若大夫《うめわかだゆう》の舞と能を近衛前久《さきひさ》・家康・穴山梅雪・松井友閑《ゆうかん》たちと鑑賞《かんしょう》した。


近衛前久は信長の耳元で囁《ささや》いた。

『よき物を京でお見せ申す！』

『大名物の楢柴肩衝《ならしばかたつき》でごじゃる。』

『なに、あの大名物の楢柴《ならしば》であるか！』

信長は多いに喜んだ。

信長が是非にも手に入れたい垂涎《すいぜん》の肩衝であった。信長はすでに初花《はつはな》肩衝、新田肩衝《にったかたつき》は手中にしていた。

『残るは楢柴肩衝《ならしばかたつき》だけだ。必ず手にいれる！』

信長は大名物（東山御物）の統一に執念を燃やしていた。

五月二十日、
堀秀政・長谷川秀一・菅屋長頼《すがやながより》らに家康一行の接待を命じた。
信長は江雲寺御殿《こううんじごてん》で家康・梅雪・石川数正《かずまさ》・酒井忠次《ただつぐ》の家臣たちと膳を並べ食事をした。

『余が酒を注ごうぞ！』

食事が終わると安土城に一行を招き、帷子《かたびら》を贈り歓待《かんたい》した。

信長は上機嫌であった。《㊟帷子《かたびら》は麻《あさ》の単衣》

五月二十一日、
家康一行は安土城を後に上洛した。京都・大阪・奈良・堺の物見に案内役・長谷川秀一を同行させた。織田信澄《のぶずみ》・丹羽長秀《にわながひで》の二人には次の通り命じた。
『大阪で家康公の接待をせよ！』
二人は大坂へ出向いた。

五月二十二日、
光秀は近江坂本城で準備をしていた。

光秀は元亀二年（一五七一）織田家中の重臣・柴田勝家よりも誰よりも早く城持ち大名に抜擢された。

ルイス・フロイスは「日本史」で光秀のことを次の通り書いている。

「信長の宮廷に惟任日向守《これとうひゅうがのかみ》殿、別名十兵衛《じゅうべえ》殿と称する人物がいた。彼は高貴な出ではなく、信長の治世の初期には、公方様《くぼうさま》（足利義昭）の邸の一貴人で兵部太輔《ひょうぶのたゆう》（朝倉義景）に奉公していた。その才略、深慮《しんりょ》、狡猾《こうかつ》さより、信長の寵愛を受けることとなり、主君とその恩恵を利することをわきまえていた。殿内にあって彼は余所者《よそもの》であり、外来の身であったので、ほとんどすべての者から快く思われていなかった。自らが受ける寵愛を保持し増大するための不思議な器用さを身に備えていた。彼は裏切りや密会を好み、刑を科するに残酷で、独裁的でもあったが、己れを偽装するのに抜け目がなく、戦争においては策略を得意とし、忍耐力に富み、計略と策謀の達人であった。築城のこと造詣《ぞうけい》が深く、優れた建築手腕の持ち主で、選り抜かれた戦いに熟練の士を使いこなしていた。」

フロイスは光秀をこの様に観察していた。

近江坂本城は、琵琶湖に面した光秀が縄張り（手掛けた）の水城であった。

安土城に比べれば、ちいさいながらも高い石垣の上に四層の朱塗りの望楼《ぼうろう》と黒漆《くろうるし》で塗られた三層は壮麗《そうれい》であった。

満月の夜には姿が湖面に映り優美であった。

坂本城に吉田兼見《よしだかねみ》（兼和）が輿《こし》に乗って訪ねて来た。大切な物を大事そうに載せて来たのである。帝（正親町天皇）からの使いであると言った。吉田兼見《かねみ》は京都吉田神社神主で官位は神祇大副《しんしだいふく》であった。

坂本城内のもっとも豪華な書院の上段の間に着座した。前には、三方の上に乗せられた黒塗りの長い箱が赤いヒモで結ばれて置いてあった。

光秀が衣服をあらためて下手に着座した。

吉田兼見《かねみ》は厳重な人払いを命じた。

兼見《かねみ》は姿勢を正して硬い表情で静な口調で言った。

『謹《つつ》んで承《うけたまわ》れ、帝の勅《みことのり》である。』

光秀は額が床に埋まる程、頭《こうべ》を垂れ、両手をついた。

『豊葦原《とよあしはら》の瑞穂《みずほ》の国を平《ことむけ》ん。汝《なんじ》は、帝に仕《つかえ》え奉《たてまつ》らんや。』

この国（日本国）を平定し帝に忠節心を問われたのである。

光秀は平伏したままで返答を返した。

『はっ、はー、仕え奉らん』

光秀は大仰に答えた。

『されば汝《なんじ》は、大伸《たいしん》の生大刀《いくたち》をもちて、天下静謐《てんかせいひつ》を奉《たてまつ》らんや。』

光秀は我が耳を疑った天下静謐《てんかせいひつ》(天下の平和)は、朝廷が信長に与えた権限ではないか。

兼見《かねみ》は続いて言った。

『織田の三郎信長は、帝の臣下であるにも関わらず、天下を私欲せんとする邪《よこしま》な者である。』

『汝《なんじ》は、美濃源土岐《とき》氏の血筋、惟任日向守《これとうひゅうがのかみ》明智光秀が平朝臣《ひらあそん》を騙《かた》る織田の三郎信長を誅《ちゅう》して天下静謐《てんかせいひつ》を奏《たてまつ》らへ。』

『討伐の標《しるし》として、誠仁《さねひと》親王からの節刀《せっとう》である。謹《つつ》んで賜《たまわ》り、粛々と事を為《な》せ！』

光秀は、三方に乗せてある黒塗りの長い箱は、誠の節刀《せっとう》であるか確認しないまま凍り付いて反射的に返答をかえしてしまった。《㊟節刀は天皇が出征する将軍に持たせる任命の印の刀である。》

『はっ、はっー。』

『綸旨《りんじ》（天皇の命令書）は後《あと》に下賜《かし》される。』

『しかとお伝え申した。』

兼見《かねみ》は言い終えると、光秀を凝視《ぎょうし》した。

『はっ！』

光秀は短くはっきりと答えて深く平伏した。

吉田兼見は「ほっと」した表情で上段の間を降りて光秀としばらく談笑し帰っていった。

光秀はしばらく呆然とその場に直座したまま過ごした。

どれだけ時が経ったか、近習が灯りを入れる許可を求めに来たとき我に返った。

五月二十三日、
光秀は書院に一人いた。

床には、信長から光秀に宛てた感謝状が軸にして掛けてあった。

右筆《ゆうひつ》の字ではなく、信長の直筆の勢いのあるのびやかな文字であった。

「今度萱振《かやふり》において、討ち取れる縷々《るる》首の注文到来《ちゅうもんとうらい》。披見《ひけん》を加へ候《そうろう》。誠に似て粉骨の段、感悦極《かんえつきわ》まれなく候。弥《いよいよ》戦功専一に候」

軸の前に信長から拝領した名物の八重桜の葉茶壺と八角釜が飾られていた。

葉茶壺の命銘は次の通りの古歌による。

「いにしへの　奈良の都の八重桜」　山上宗二記
《㊟八重桜と八角釜は光秀滅亡のとき坂本城で焼失した。》

又、先年《天正八年》、佐久間信盛・信栄を追放の時、信長から光秀は激賞された。

「丹波は明智光秀が平定し、天下に面目をほどこした。」

『上様（信長公）には感謝している。一介の兵法者が、織田家で一番の城持ち大名まで取り立てて戴いた大恩がある。』

光秀の前には、吉田兼見が勅使《ちょくし》として持ってきた黒塗りの長い箱が置いてあった。光秀は朱色のヒモを解き、中を検《あらた》めた。箱には錦の袋に包まれた短刀が入っていた。短刀は備前長船長光《びぜんおさふねながみつ》の脇差であった。

『これは、信長が近衛前久の子信基《のぶもと》の元服で贈った脇差ではないか。』

光秀はもう一度、木箱の中を見た、箱の底に深紅《しんく》の布が敷いてあった。

『この深紅の布は、紅花《べにばな》で何度も染められた誠仁親王《さねちとと》の小袖《こそで》の布ではないか。』

『これは、天皇家や公家、朝廷の総意の証ではあるまいか。』

『だが、これは誠の節刀《せっとう》ではない。』

光秀の心は揺《ゆ》れた。

五月二十六日、

光秀は丹波亀山城（京都府亀岡市荒津町）に到着した。

この城は信長の命を受けて丹波攻略のため口丹波の亀山盆地に天正六年（一五七八）に築城した城であった。

丹後平定後は丹後の経営の拠点となった。亀山城は望楼型《ぼうろうがた》三層四重であった。

亀岡盆地は太古には大きな湖であったという。亀岡から京都嵐山まで保津川が流れていて保津川は、高低差が激しくよく氾濫《はんらん》した。晩秋から早春にかけて深い霧が発生し保津峡や老いの坂を越えると景色が一変する。

雨が続き保津川は黄色く濁っていた。明智《あけち》秀満《ひでみつ》左馬助《さまのすけ》（光秀の娘婿《むすめむこ》）、明智《あけち》次右衛門《じざえもん》、斉藤《さいとう》利三《としみつ》や譜代の溝尾《みぞお》庄兵衛《しょうべい》、藤田《ふじた》伝五《でんご》行政《ゆきまさ》たち家臣団は忙しく中国出陣の準備をしていた。

光秀だけ望楼の天守から城下を眺めながら仕切りに考え事をしていた。

城下は田植えが終わったばかりで、苗田がどこまでも続き水を張った田の水面には、周囲の山々や鉛色の空が映っていた。

『大恩ある上様（信長）を討つか。あくまでもどこまでも従うべきか。何とする！』

と光秀の心は揺れていた。

五月二十七日、

光秀は早朝から戦勝祈願に愛宕《あたご》神社に参詣《さんけい》した。

参詣《さんけい》の山道には、白い小さな花が笹の中に咲いていていて鶯《うぐいす》も遠くで啼《な》いていた。

愛宕神社は全国の約九百社ある愛宕神社（京都府京都市左京区）の総本山である。

光秀は西之坊威徳院《にしのぼういとくいん》に入った。堂々たる伽藍《がらん》だった。その西之坊威徳院の一室に里村紹巴《さとむらじょうは》が安土城から来ていた。紹巴《じょうは》は当代切っての連歌師であった。

彼は前久の父・近衛種家《たねいえ》に古今伝授《でんじゅ》を受けいて前久とも関係が深かった。

紹巴は光秀に会うと前久《さきひさ》からの密書を渡した。

『日向守殿《ひゅうがのかみどの》。内密の文にござる。』

密書には次の通り書いてあった。

『信長公は六月一日に本能寺にて茶の湯を挙行《きょこう》、供回り百人余り。信忠公は妙覚寺が宿所、供回り五百余りにて候。密書は燃やすべし。龍』《㊟龍の一字名（前久の別名）》

光秀に重要な情報が飛び込んできた。

光秀の心の内を覗いて見よう。

『これは絶好の好機ではないか。』

① 信長を討つ。

朝廷や公家は望んでいよう、大義は我にある。柴田勝家・滝川一益《かずます》・羽柴秀吉は遠国で敵と対峙《たいじ》している。徳川家康は堺を見学中。丹羽長秀は大阪で四国征伐の準備中である。三ヶ月もち堪えれば政権が樹立できよう。

②　信長に従う。

上様（信長公）に見いだされ今がある。今まで恩義を忘れたことは一度もない。このままにしておれば明智家が滅亡することはない。秀吉軍を支援しても上様（信長公）の出馬で評価が好転することもある。ひたすら耐えて上様（信長公）に尽くす、これしかないか。

③　時節を待つ。

後顧《こうこ》の憂《うれい》をなくして時節を待って下剋上《げこくじょう》を行なう。しかし、信長の野望は、日本の六十六ヶ国を治める覇者になったならば大船団を形成し、中国を武力で征服するであろう。

この野望は九州の大名たちも信長家臣団も反対するに違ない。

この時を待って下剋上を行なえば光秀に味方する公算が高い。だが、この光秀にはもう先が長くない。それまでこの身が持つだろうか。《㊟光秀の年齢はこの時、五十五歳とも六十七歳だったともいう。》

光秀はこの三策（①大胆策。②現実策。③慎重策）で迷っていた。

長宗我部征伐《ちょうそかべせいばつ》が六月三日に迫っていた。

斉藤利三《としみつ》が光秀に大きな影響を与えていた。

元親記（長宗我部元親《ちょうそがべもとちか》の日記）によれば次の通り書いてある。

「斉藤内蔵助（利三）は四国の義、気遣いに存ずるによって明智殿、謀反の事いよいよ差し急がれる。」

《㊟近年（二〇一五）の研究によれば四国征伐の十日ぐらい前に信長の条件を元親が飲む資料が発見された。》

「信長公記」によれば次の通り書いてある。

「惟任日向守、心持御座候哉《こころもちござそうなり》、神前へ参り、太郎坊の御前にて二度三度迄籤《くじ》を取りたる由申候《よしもうしそうろう》。」

『どの策でいくか、神籤《みくじ》に訊《き》いてみよう！』

『吉と出るか、凶か、神の神意はいかに、しかし、道はこれしかあるまい。』

光秀は何度も籤《くじ》を引きながら歩き廻った。一晩参籠《さんろう》した。

五月二十八日、
西之坊威徳院《にしのぼういとくいん》で連歌興行をおこなった。

発句惟任日向守

ときは今あめが下知《したし》る五月哉《な》　光秀

水上《みなかみ》まさる庭のまつ山　西坊行裕《にしぼうぎょうゆう》

花落つる流れの末を関とめて　紹巴《じょうは》

《㊟とき＝土岐氏「源氏の末裔《まつえい》」・あめが下知る＝天下を治める・五月＝今この季節。》

光秀の出した結論は①大胆策であった。

『信長を討つ！』

『我こそが古来よりの伝統と秩序のある御世を創る。』

光秀の決意を句に込めた。

西之坊で里村紹巴《じょうは》らと百韻《ひゃくいん》の連歌を作りこれを神前に納めて亀山に帰城した。

五月二十九日、（新暦：六月十八日）

季節は梅雨に入り紫陽花《あじさい》の蒼《あお》や淡い桃色の花がしとしと降る雨に濡れていた。

安土城では森蘭丸・坊丸・力丸が忙しそうに信長の上洛の準備をしていた。

安土城から本能寺まで四十キロ余りである。

『雨が強くなりそうだ、荷は濡れぬ様にして、しっかり縛《しば》りつけよ！』

蘭丸は荷駄の出発の準備を近習に厳しく下知した。

信長がもっとも大切にしている名物茶道具で選ばれた三十八種《しな》である。

二重、三重の箱に入れて雨に濡れぬように丁寧に油紙で包み、その上に薦《こも》で覆《おお》い馬に振り分けて運ぶ。

そのほかにも信長愛蔵の品が荷駄《にだ》にされた。

どれ一つ傷つけても首が飛ぶ。

「信長公記」には次の通り書いてある。

信長公は上洛なされた。その際、安土城本丸の留守衆に織田信益・蒲生賢秀・山岡景佐らを任命なされ、まず小姓衆二、三十人を召し列して御上洛した。

上洛後すぐに中国筋へ出向くつもりなので、出陣の用意をして待て、信長からの一報があり次第出発出来るようにしておくように触れを出した。

今回は家臣団を伴《ともな》わなかった。

信長は雨にけむる安土城を何度か振り返ったが、これが見納めに成るとは露《つゆ》ほども思っていなかった。

『思えば桶狭間で大軍の今川義元を小数で破ったときも雨だった。我が覇業もあと一歩まで来た。』

信長は午後四時頃に本能寺に入った。

吉田兼見《かねみ》は山科《やましな》まで出向いたが「出迎え無用」の森蘭丸の知らせがあったので急いで帰った。勧修寺晴豊と公家は、京都七口の栗田口で出迎えたが蘭丸の知らせで帰宅した。家康・穴山梅雪は堺の松井有閑《ゆうかん》宅で接待を受けていた。織田信孝（信長の三男）は大阪の住吉に泊まっていた。光秀は鉄砲の弾薬や戦陣用の長持ちなど百荷ほど、亀山城から西国へむけて発送した。

まだ、家臣の誰も謀反を知らなかった。

六月一日、

昨日の雨が嘘のように晴れて花菖蒲《はなしょうぶ》の大ぶりな紫の花びらが美しい。

「本能寺」は鉄砲と深い関係があった。種子島、沖永良部島《おきのえらぶじま》は、本能寺が古くから布教《ふきょう》活動をしていた地域で、種子島には本能寺の末寺の本源寺があった。

種子島に鉄砲の技術が伝わると、種子島＝▽堺＝▽本能寺という経路で鉄砲が広まった。これに信長はいち早く目を付けて宿所とした。法華宗の本能寺は寺というものの、強箇な防衛能力をそなえた要塞《ようさい》であった。四条西洞院《しじょうにしのとういん》にあり四町（約436m）四方と広大な土地だった。

堀の内側に土塀を、そのまた内側に高い堀をめぐらしていた。

信長は元亀元年（一五七一）から常宿《じょうやど》に指定していた。

本能寺は巨大な本堂を囲む様に塔頭《たっちゅう》が七つあり厩《うまや》とたくさんの倉庫があって、その幾つかの倉庫に鉄砲の弾薬や戦陣用品が収蔵されていた。

まさに平城であった。

本堂の北側に華麗な屋敷がある。

御殿の表玄関には車寄せがあり、玄関には狩野永徳の「唐獅子図《からじしず》」の屏風が置いてあった。「大茶の湯」はこの御殿で一の間から三の間まで、襖《ふすま》を取り払い大広間として使われる。一の間から二の間は狩野永徳「四季花鳥図」で三の間は「檜図《ひのき》」で金箔の余白に豪快な檜《ひのき》の幹《みき》が今にも飛び出してきそうな強靭《きょうじん》な襖絵《ふすまえ》。

これが信長好みの障壁画である。御殿のすべての部屋の襖は、狩野派の絵を飾《かざ》り、周囲は廊下である。開け放たれた先の庭は見事というしかない。

四十名余り公家・僧侶・神官・堺の豪商などでごった返した。

公家衆などには、皇居《こうきょ》が丸ごと引っ越して来た様に見えた。

大広間の中程に赤い毛氈《もうせん》が敷かれその上に九十九茄子《つくもなす》の茶入れ、初花肩衝《はつはなかたつき》・富士茄子《なす》・百底《ももそこ》の花入・小松島《こまつしま》の葉茶壺、床には煙寺晩鐘《えんじばんしょう》と雁《がん》の掛け軸、など三十八種があった。

前久の他には、一条内基《うちもと》、二条昭実《あきざね》、九条兼孝《かねたか》、鷹司信房《たかつかさのぶふさ》たち摂政や関白を任じてきた五摂家の公家も揃《そろ》っていた。

彼らの目的は、信長へのご機嫌取りと、めったに目に出来ない名物を鑑賞することにあった。

赤い毛氈《もうせん》の上に横長の机が千鳥《ちどり》に並べられて、純白の絹が敷かれ名物が鑑賞を出来るようにしてあった。

中でも、客人の興味の的は九十九茄子《つくもなす》だった。

誰もが足を止め吐息《といき》を漏《も》らしている。

『おおーう、これが、九十九茄子か、目の保養《ほよう》よな！』

それは小ぶりで丸い茄子の形をした、濃紺黒の茶入れであった。

「伊勢物語」に「百とせに　一とせ足らぬ九十九髪《つくもかみ》　我を恋ふらし面影《おもかげ》に見《み》ゆ」から命

名したという。

客人を興奮させたのは、九十九茄子の謂《い》われと、時の権力者を渡って来た数奇《すうき》なことであった。

茶会の正客《しょうきゃく》は、突然太政大臣を辞任した准三宮《じゅんさんぐう》の近衛前久《さきひさ》であった。しかし、信長の本当の客は博多の豪商・島井宗室《そうしつ》である。

信長は毛利征伐から一気に九州征伐に向かう予定を立てていた。

博多は堺と同様に鉄砲・弾薬・戦備品の調達の需要な拠点である。

博多の利権を信長から認めてもらえば利益は莫大《ばくだい》であった。

博多の豪商、島井宗室《そうしつ》は信長が今一番手に入れたい楢柴肩衝《ならしばかたつき》を持っている。

その楢柴肩衝《ならしばかたつき》を持参して見せるという。

この対面をセットしたのが近衛前久であった。

信長はこの餌《えさ》に飛びついたのである。

『信長め今に見ておれ！』

楢柴肩衝《ならしばかたつき》は唐国《からこく》の香料入れが海を渡り、もともとは足利義政の所有であった。田村珠光＝鳥居引拙（珠光の弟子）＝天王寺屋宗伯《そうはく》（堺の豪商）＝神屋宗白（博多の豪商）＝島井宗室へ渡った。その名を天下に轟かせ「城一つでも交換出来来ぬ」という大名物である。九州のキリシタン大名の大友宗麟《おおともそうりん》も度々欲しがったが宗室《そうしつ》は頑として断った。釉色《うわいろ》が濃いアメ色で、これを「恋」にかけて「万葉集」に、「御狩する狩場の小野の楢柴《ならしば》の汝《なんじ》は　まさで恋ぞまされる」の歌から「楢柴肩衝《ならしばかたつき》」の名になったとされる。


「日々記」には次の通り書いてある。

「今日信長の許へ、甘露寺経元《かんろじつねもと》と勧修寺晴豊（私）が正親町天皇と皇太子誠仁《さねひと》親王の勅使《ちょくし》として行った。

その外の公家衆も各自挨拶をした。信長は薄緑色と藤色との左右違いの小袖、下の襟元《えりもと》には紅色の長襦袢《ながじゅばん》に鶯《うぐいす》色の袴姿《はかますがた》で涼しそうで軽やかないでたちだった。

村井貞勝を通して信長は各自対面して歓談《かんだん》した。

信長は関東平定の様子を話した。西国には四日に出陣すると言った。

攻略は容易であると話した。

信長は席上、今年の十二月に閏月《うるうつき》を入れるべきだと申した。この件はみなで無理だと申し入れた。吉田兼見《かねみ》は公家の官位も合わせ持つ身ながらただ一人だけ吉田神社の神事を理由に来なかった。」

披露された茶道具は、すでに片づけられて、所定に飾れて大広間で茶の湯が始まった。点前《てまえ》が終わるとすぐに歓談《かんだん》となった。

信長と前久《さきひさ》は御殿から姿を消して、少し離れた場所に建つ御屋敷に急いだ。

そこは狩野永徳の襖《ふすま》「琴棋書画図」の部屋だった。

今にも琴の調べが聞こえ、碁《ご》を打つ気迫が伝わって来そうな障壁画だった。

床には小玉澗の絵・珠光《じゅこう》茄子・瀬高肩衝《せたかかたつき》・堆朱《ついしゅ》の龍の台・千鳥香炉・天釜《てんがま》が湯気を発てて啼《な》いている。

点前《てまえ》は千宗易（利休）がする。

前に紹鷗白天目《じょうおうしろてんもく》茶碗が置いてあった。

横に茶筅が出番を待っていた。

信長が選びし種《しな》は誠に見事だ。

開放された縁先には、これも見事な庭が見える。

そこには博多の豪商・島井宗室《そうしつ》と神屋宗湛《かみやそうたん》とが待っていた。

信長と二人は初対面であった。

一通りの挨拶が終わって宗室《そうしつ》が言った。

『関東平定、誠におめでとう御座います。御所望の品ここにお持ちいたしております。』

そして、信長の前に「楢柴肩衝《ならしばかたつき》」をそっと差し出した。信長は楢柴肩衝《ならしばかたつき》をしっかりと掴《つか》むと食い入る様に眺めて言った。

『これが楢柴肩衝《ならしばかたつき》であるか。素晴らしき大名物である。』

宗室《そうしつ》が言った。

『上様（信長公）、御所望とあればこの場で献上いたします。』

信長は即座に言った。

『あい分かった。頂戴《あわ》いたす！』

宗室《そうしつ》は失敗したと慌てた。

『九州征伐のとき貰《もら》い受ける、それまで預けおく。』

『九州の商いはそちに任せる。』

信長が甲高い声で言ったので宗室《そうしつ》はほっとした。

『はっ、はっー、是非、九州征伐の手土産にして下さいませ。』

『お待ちしております。』

商談は成立し、そして、茶の湯となり信長は上機嫌であった。

小太りの近衛前久《さきひさ》は、このやり取りを公家特有の能面顔で眺め、蛇のような冷たい眼でじっと見ていた。

天下覇権を掴もうと野望を抱く者、巨万の富を手に入れようとする者、朝廷と公家権力の既得権益《きとくけんえき》を何としても守ろうとする者、光景はまさに魑魅魍魎《ちみもうりょう》の世界だ。

その後、御殿で大酒宴をおこない公家衆・堺商人などは、午後九時前後にそれぞれ帰宅した。

御屋敷で嫡男・信忠と二人きりで久しぶりに政道につて語り、信長は終始、上機嫌であった。

信忠は午後十一時過ぎに一キロ以内にある妙覚寺に帰って行った。

博多の豪商・島井宗室《そうしつ》と神屋宗湛《そうたん》は本能寺に宿泊した。

信長は御屋敷で宴が終わっても眠れないので、僧の本因坊算砂《さんさ》と鹿塩利賢《しかじおとしさと》というこの時代を代表する囲碁の名人の対局を見た。二人の対局は伯仲《はくちゅう》し、三劫《さんこう》の争いになり勝負は、決着しなかった。本因坊算砂と鹿塩利賢《しかじおとしさと》も夜が更けたので御屋敷の一室に宿泊した。

信長が就寝したのは夜半（二日の午前二時ごろ）だった。


一方、光秀の行動は「信長公記」に次の通り書いてある。

「そしてここに、思いがけない事態が勃発した。六月一日夜になって、丹波の亀山で明智光秀は信長への反逆を企て、明智秀満《ひでみつ》、明智次右衛門、藤田伝五《でんご》、斉藤利三らと相談して、信長を討ち果たし天下の主《あるじ》となる計画を練り上げた。」

六月一日、

午後六時、城内から太鼓が鳴った。

『ドーン、ドーン、ドーン。』

亀山城に緊張感が走った。弓組・鉄砲組などを指揮する物頭《ものがしら》たちが集められて次のように伝えられた。

森蘭丸から飛脚があり上様（信長公）からの命令が下った。

『明智軍の中国への出陣の用意が整ったならば、その陣容・馬揃えの様子など検閲する。早々に軍を率いて京へ上がるようにということである。みな早々に出陣の用意に掛かれ！』

明智秀満が命令した。

亀山城を出陣して途中の野条《のじょう》（亀山市篠《しの》町）から少し離れた篠村八幡宮で勢揃《ぜいぞろ》えをした。光秀は午後六時過ぎ頃に篠村八幡宮で戦勝祈願すると言って、明智秀満・明智次右衛門・斉藤利三・藤田伝五・溝尾庄兵衛を伴い境内に入った。《注》この篠村八幡宮は源氏と深い神社であった。古くは八幡太郎義家が東国征伐の時祈願した。元弘・建武の争乱の時、足利尊氏がこの篠村八幡宮で京都の六波羅探題《ろくはらたんだい》の平氏を討つための祈願をした。》

光秀は「源氏が平氏を討つ。」古事を知ってここで本心を明かした。

重臣たちはこれまでの道中を不審に思っていた。

明智秀満は反対した。

『無謀《むぼう》だ！』

斉藤利三は

『企てをするならば何故もっと早く打ち明けてくれなかったのか』

と迫った。

他の重臣はビックリしたが光秀の決心なら従うと意見はまちまちだった。

光秀はそこで黒塗りの木箱を家臣の前に出して朱色のヒモをほどき中から錦の袋を取り出した。

『平安の御世《みよ》、坂上田村麻呂《さかのうえのたむらまろ》が、桓武帝《かんむてい》より節刀《せっとう》を授《さず》かって蝦夷《えみし》征伐した。習わしに従い　平家を騙《かた》る信長を討てとの帝よりの標《しるし》である。』

『ここは篠村八幡宮であり、これは節刀である。帝から信長を誅《ちゅ》うせよと命が下った。』

『本能寺の信長を討つ！』

重臣たちは全員、平伏した。

『は、はっー。』

明智秀満が錦の袋の節刀を神前に供えて、光秀を先頭して並び柏手を打ち恭しく拝礼をした。あとは一丸となって遂行するだけだ。

明智軍一万三千は老ノ坂《おいのさか》峠に到着したのが午後十時半、光秀は松明《たいまつ》の灯りの中に大きな松を返り見た。

沓掛《くつかけ》が午前0時、ここが分岐点で西が京への道、東が山崎から西国への道、ここで全軍小休止をして深夜の食事をとらせた。

光秀は信任の厚い家臣の天野源右衛門《あまのげんごもん》に密命を与えて先発させた。

『本能寺に通報者あれば切り捨てよ！』

沓掛《くつかけ》から京までは約二十キロであった。


本能寺の変は天正十年（一五八二）六月二日だ。

イエズス会のルイス・フロイスの「日本史」によれば、一五八二年六月二十日、水曜日だ。［グレゴリオ暦］

二〇一四年の六月二十日の京都市の日の出は、午前四時四十三分であった。

本能寺の杜《もり》の木々は清涼感にあふれ、庭は色とりどりな紫陽花が咲き乱れ、娑羅双樹《さらそうじゅ》(夏ツバキ)の白い花が朝に咲いては夕暮れに無情に落ちた。

六月二日、午前二時頃、本隊は水嵩《みずかさ》の増した桂川を渡った。

全軍の松明《たいまつ》を消させて、徒歩の足軽隊は足半《あしなか》というつまさきだけの草履《ぞうり》にはきかえさせた。

鉄砲の火縄に火をつけさせて戦闘態勢を取らせた。

明智秀満《ひでみつ》が全軍に向かってふれた。

『上様(信長公)の密命をつたえる。上様はすでに昨日、西国に出陣された。本能寺にいる徳川家康を討つ!』

『狙う家康は白き衣を着ている。みな遅《おく》れを取るな!』

イエズス会のルイス・フロイスの「日本史」に次の通り書いている。

「兵士たちは、かのような動きがいったい何のためであるか訝《いぶ》かり始め、おそらく明智は信長の命に基づいて、その義弟で三河の国王(家康)を殺すつもりであったろうと考えた。」

光秀は本陣を三条堀川に置いて残りを二隊に分け、本能寺の南方面攻撃部隊の大将に明智秀満、西方面攻撃の大将に斉藤利三に割りあて本能寺の杜《もり》に迫った。

午前四時半頃に明智光秀の一万三千の軍勢は、本能寺を四方から取り囲んだ。


信長は厠《かわや》に起き手水をしていた。

『騒々《そうぞう》しい、何かあるか！』

その時、信長も小姓たちも下の者どもが喧嘩をしているのかと思った。

しかしそうではなかった。

『者ども、掛かれ！』

そのとき、鬨《とき》の声が信長の耳に入った。

『バン・バン・バーン！』

表御殿に鉄砲を撃ち込む音がした。信長は蘭丸に訪ねた。

『さては謀反だな、誰の仕業《しわざ》か！』

『薄暗き中に水色の桔梗《ききょう》の旗が見えます。明智の軍勢と見受け致します。』

蘭丸は答えた。

信長は一言。

『是非《ぜひ》に及ばず。』

信長は、すぐさま御屋敷に番衆を集めて臨戦態勢《りんせんたいせい》をとって、蘭丸に命令した。

『力丸、坊丸に伝えよ。火薬を奥座敷に多くさん運べ。僧の算砂《そうさ》を呼べ！』

『それまで持ちこたえよ、信長、最後の戦《いくさ》ぞ！』

信長の小姓や馬廻り衆百余りは、よく戦い壮絶《そうぜつ》な討死をした。

『上様が危ないぞー、一大事だ。本能寺に行くぞ！』

本能寺の外に宿泊していた家臣の湯浅勘介・小倉松寿の二人は、町屋から事件を知り敵軍にまじって本能寺に駆付《かけつ》けて斬り討死をした。

『ここから先は誰も通うさぬぞ！』

台所口では、高橋虎松がしばらく誰も寄せ付けないほど抜群の働きをした。

『誰か槍を持て来い。』

信長は初め弓を持って戦ったが弦《つる》が切れて、十字の槍《やり》に持ち替えて戦った。

さすがに信長は気迫が鋭い。

『あの姿は家康ではないぞ！』

『相手をしているのは上様（信長公）ではないか、何かの間違いではあるまいか。』

『このまま戦って良いか。』
『我には何が何だか分からぬー。』
辺《あた》りには、火の手が上がり明智軍に動揺《どうよう》が走った。
蘭丸が言った。
『お腹《はら》をお召《め》しになりますか。』
『お蘭、そちの眼力鋭《がんりきするど》し。腹を切る。信長の屍《しかばね》をこの世に残すな！』
その時、明智勢の安田作兵衛が障子越しに鋭く突いた。
槍先が信長の肘《ひじ》を刺した。
これまで短剣を抜いて、信長のそばにいた女共を見て信長は言った。
『女たちはもうよい。急いで逃げよ！』
しかし、敵に刃向かう女共が多かった。
女達の中に薙刀《なぎなた》を持って奮戦する安土の方《かた》がいた。
『もう良い。そちも急げ。さらばだ！』
信長は奥座敷に一人で入って行った。
そこには、僧の本因坊算砂《ほんいんぼうさんさ》と側近の原志摩守宗安《はらしまのかみむねやす》が控《ひか》えていた。
『そちは僧であったな、信長の首をそちに預ける、誰にも渡すな。屍《しかばね》はこの火薬で燃やせ。頼んだぞ！』
『さらばだ！』

これは光秀だけの企《くわだ》てはあるまい。
あの年老いた帝《みかど》か、能面顔の前久《さきひさ》の仕業か。
我、覇業《はぎょう》もあと一歩であったが……。
「九州博多湊《みなと》の海の向うにある寧波《にんぽう》の湊《みなと》が観《み》たかった。」
信長の脳裏に浮かんで消えた。《㊟寧波《にんぽう》＝中華人民共和国浙江省《せっこうしょう》の港》
信長は切腹した。見事な散り際だった。
享年四十九歳、自ら好んだ敦盛の一節の如く。

人間五十年、
下天《げてん》の内をくらぶれば、
夢幻《ゆめまぼろし》の如《ごと》くなり、
ひとたび生を得て、
滅せぬもののあるべきか。

側近の原志摩守宗安《はらしまのかみむねやす》と本因坊算砂《さんさ》は、信長の遺体を火薬の上に乗せて火を放った。

本因坊算砂《さんさ》は、信長の首を衣に包み葛篭《つづら》に入れて背負い、側にあった仏像も衣に包み、抱いて本能寺を脱出した。

算砂は途中で明智の兵から厳しい詰問にあった。

『その抱きし物は何だ。見せろ！』

『われは僧成るぞ、抱きしは仏、罰《ばち》が当たるぞ、渇《かつ》！』

本因坊算砂と原志摩守宗安は、駿河の西山本門寺（静岡県富士宮市）に誰にも語らず信長の首を埋葬した。

その後、原志摩守宗安は墓守《はかもり》となった。

『われは生涯、上様を守り弔う。』

京都から約三百八十キロ離れた西山本寺の境内、柊《ひいらぎ》の下に信長の首塚がある。《㊟現在、寺に記録が残っている。》

本能寺は劫火《ごうか》に包まれた。

信長が入った奥座敷は、特に焼け方が激しく信長の望み通り毛の一つも残されなかった。

本能寺の変の際に島井宗室は、空海直筆の「千字文」を持ち出した。

現在（二〇一五）、博多の東長寺に納められている。

神谷宗湛《そうたん》も遠浦帰帆《えんぽきはん》の図一軸を持ち帰ったという。

炎上する本能寺を見て、明智秀満と斉藤利三は兵をまとめ、利三が叫んだ。

『只今、本能寺に信長を討った。光秀公は今日から天下様になる。これより妙覚寺に向かい信忠を討つ！』

『おーぅ。』

明智軍内には、何が起きたか解らぬ者も多く、解らぬままにも群衆の行動が妙覚寺へとゆき雪崩現象《なだれげんしょう》のように攻撃に向かわせた。

『何が起こったのか解らぬが、皆に続こうぞー。』

織田信忠は本能寺襲撃《しゅうげき》の報《ほう》を知って、信長と一手になろうと思い宿所の妙覚寺を出た。

そこへ村井貞勝父子三人が走り寄り進言した。

『本能寺は落ちました。御殿《ごてん》は炎上中です。上様（公）の生死不明、きっとこの妙覚寺へ攻め寄せるは必定です。構えの堅い二条御所（中京区押小路室町）に立て籠《こ》もるのが宜《よろ》しいでしょう！』

信忠が二条御所に立て籠もったのが午前八時前頃であった。

信忠の手勢五百余りの半分が新規召し抱え者でその大半は逃げた。

信忠は、衆議《しゅうぎ》をしたが意見はまちまちだった。

『いったん退去すべし！』

と進言する者も多かったが、信忠は結論を出した。

『このような謀反の中、逃れることは難しいであろう。雑兵《ぞうひょう》の手に掛かり討ち死は無念である。華々しく戦い、叶わぬときは切腹しょう。』

しばらくすると、事件を知って町屋を宿所していた加勢《かせい》が、千余り駆け付けた。


二条御所は緊迫した。

誠仁親王《さねしと》は狼狽《ろうばい》して言った。

『我も討つのか。腹を切らせるや！』

両軍が折衝し誠仁親王は、内裏《だいり》に移ってもらうことにまとまり里村紹巴《じょうは》が御所車を仕立て内裏に送った。

戦いは再開し信忠軍の誰もが奮戦し、中々と落ちる気配がなかった。

敵は困り果てて、近衛家の屋根に上がり、二条御所の内を見下ろして弓・鉄砲で攻めた。

『ビューン、ビューン。』

『バーン、バーン、バーン。』

負傷者が多くなり次第に持ちこたえられず、敵が侵入して火をかけた。

信忠は覚悟を決めた。

『我が屍《しかばね》を敵に渡すな、父上も喜ぶまい！』

信忠も父と同じ行動をとった。

信忠は、自分が切腹したら縁の板を引き離し、その中に遺骸《いがい》を隠すように命令した。

介錯《かいしゃく》を近臣の鎌田新介に命じた。

『さらば！』

『ご覚悟を。ごめん！』

一門の歴々や譜代の家臣が枕を並べて討ち死にした。

遺骸《いがい》が錯乱して見るも無残な有様だった。

信忠の遺体は隠された後に荼毘《だび》に臥《ふ》された。

敵に恥ずかしめを、受けることはなかった。

偉大な父・覇王《はおう》信長の後継者信忠は、享年二十六歳の若さで散った。

遠方に居た多くの者が信長・信忠親子を慕《した》い殉死《じゅんし》した。

明智軍と信忠勢が戦っている間に、二条城の北方にあった阿弥陀寺《あみだじ》の住職清玉《せいぎょく》が弟子たちと本能寺に入り遺骸《いがい》を阿弥陀寺に運び葬った。《㊟現在の阿弥陀寺は京都市上京区にある。阿弥陀寺に本能寺で討ち死にした森蘭丸ら三人の墓がある。》

本能寺の変は午前十時頃には終息した。

この頃には、京内は騒然となり明智軍の厳しい残党狩りが始まった。

光秀は秀満に命じた。

『何としても信長の首を探せ！』

秀満は、炎上した本能寺に入り午前十時から午後二時までくまなく探索《たんさく》したが、信長の遺骸は発見されなかった。

本陣の光秀は興奮の中イライラしながら待った。

しかし、信長の遺骸はようとして見つからない。

『なに、むくろ（死骸）がない。いかなることか！』

『これは断じて謀反ではない！』

光秀は、何とも分からない得体のしれない恐怖感に襲われた。

光秀はやっと気を取り直し、近江の勢力を制するためすぐ瀬田へ向かった。

瀬田城主の山岡景隆・景佐《かげすけ》兄弟に使者を出して、人質を差し出して光秀に味方するよう伝えた。

『上様が撃たれたと、人質など断じて出せぬ。』

景隆は拒絶して瀬田橋を焼いた。

そのために明智軍の安土城への進軍を大幅に遅らせた。《㊟天正三年（一五七五）に瀬田橋は、信長が山岡景隆に命じて作らせた。橋の広さ四間（七・二メートル、長さ百八十間〈三百二十四メートル〉）余りであった。》

『信長公に大恩多し！』

山岡一族は瀬田城に火を放ち山中に隠れて、秀吉や柴田軍・滝川軍に光秀軍の行動を逐一報告した。

このため、光秀は瀬田川を渡ることが出来ずに、橋のたもとに軍勢をはいして、いったん坂本城へ帰った。

二日の夜になると安土城内にも本能寺の変の情報が入って来た。二の丸留守居役の蒲生賢秀《かたひで》は、信長の妻妾《さいし》や子・女たちをまずは自分の居城《きょじょう》の日野城（滋賀県蒲生郡日野町）に避難させることとした。

日野城にいた嫡男の氏郷《うじさと》に、牛馬・人足などを率いて腰越《こしごえ》に、迎えに来るよう知らせた。《㊟氏郷の器量に惚れ込み、信長の溺愛した二女の冬姫を娶とらせた。後に麒麟児《きりんじ》と名を馳《は》せたオトコだ。》

筒井順慶《つついじゅんけい》は、信長の命令で上洛の途中でまっさきに本能寺の変を知って奈良の居城郡山《こおりやま》城に帰った。

『このありさまは何たることか、急ぎ戻る！』

『迂闊《うかつ》に、光秀に加勢は出来ぬ。』

この日、徳川家康は、堺から京へ向う途中の飯盛山《いいもりやま》で斉藤利三《としみつ》からの書状を受け取った。

「本能寺に信長を討つ。急ぎ三河に落ちられよ。後は光秀とよしみを願い候　利三の花押」

『何、あの信長公が討たれたかー。』

利三が急ぎ知らせたは「安土城の切腹事件」の借りを返したのだった。《㊟家康一行に同行した京都の商人・茶屋四郎次郎に本能寺の変の知らせがあったともいう。信忠の付け人、杉原家次が家康に知らせて、家康一行と別れて備中の秀吉に知らせたともいう。》

ここから三泊四日の「神君伊賀越え《しんくん》」が始まる。

現在（二〇一五）京都・宇治田原《うじたわら》の街道に「家康公・伊賀越え」と表札が立っている。

六月二日、昼
家康は京から四十キロの飯盛山で本能寺の変を知った。

家康は知らせを聞くや言った。

『本能寺の焼け跡にて切腹いたす。』

家臣一同は驚いた。

重鎮の酒井忠次《さかいただつぐ》が沈痛な顔付きで言った。

『思いもよらぬ悲報で御座ります。殿、直ちに三河岡崎にご帰還なされて仇討をなされませ。』

家康はこの言葉を待っていた。

あの信長公のこと事である、生死は不明。もしかして脱出していた時の保険を賭けた言葉であった。

家康は発した言葉とは反対に、脳裏に明るい光が差し込んでくるのを感じた。

身体に漲《みなぎ》る力が湧いて来た。

後世、「家康の三大危機」は次の通りである。

①　「三河一向一揆」

②　「三方ヶ原の戦い」

③　「伊賀越え」

この伊賀越えは厳しく大危機であった。

いかにして安全に本国の三河岡崎に帰還するか。

帰還のルートは三つあった。

①　堺にただちに戻り、船で海路を帰還する。

②　光秀に合流して帰還する。

③　このまま陸路を伊賀越えして帰還する。

究極の選択を求められた。

家康の心の内を覗いて見よう。

①　堺にただちに戻り、船で海路を帰還する。

船のスピードは十キロ、堺から三河まで五百キロ、二日から三日で帰還できる。

「一番安全であろう。しかしながら、情報の伝達は堺にはすでに伝わっているはず。紀伊や雑賀は敵地であり、船は外洋を通過しなければならぬ。」
② 光秀に合流して帰還する。
光秀は喜んで迎えてくれよう。

「織田・徳川の二十一年間の同盟関係がある。これまで築いた信用を捨てるのは忍びない。まして光秀には武辺はない。合流はできぬ！」
③ このまま陸路を伊賀越えして帰還する。
「本国の三河岡崎までは、陸路で二百キロ以上である。伊賀越えは、もっとも危険な土地伊賀を通り抜けなければならぬ。伊賀忍び者は難敵である。だが本能寺の変の情報は、この山国ルートにはまだ伝達していないはずだ。」

《㊟伊賀越えのルートでは、情報の伝達は三十キロの遅れがあったと推測される。》

家康は③を選択した。

『天下への道。伊賀越えに賭けて見ようぞ！』

帰還ルートは飯盛山↓草内↓小川↓加太↓桑名（船）↓熱田↓岡崎へ二百キロ以上の道のりであった。

天下レースへの賭けであった。

家康一行三十人余りは、飯盛山から木津川を船で渡った処で、数百の地侍による落ち武者狩りの襲撃を受けた。

本多忠勝の奮戦により危機を切り抜けた。忠勝は槍の名人だった。この時、小川城の多羅尾《たらお》一族が加勢に駆け付けた。《㊟多羅尾氏は後に、この地の代官となる。二〇一五年、多羅尾代官陣屋跡が整備公開される。》

六月三日、
家康は小川城に篝火《かがりび》を焚《た》かせ、厳重な警護をさせながら近くの妙福寺に宿泊した。
《㊟現在は妙福寺に家康泊の記録が確認されている。》

六月四日、早朝
梅雨空の下、半夏生《はんげしょう》やノアザミの咲く伊賀越えの道を家康と重臣の酒井忠次・井伊直政・本多忠勝・榊原康政《さかきばらやすまさ》らは服部半蔵と伊賀者二百人に守られながら信長なき時代に何か新しい風を感じて本国の岡崎へ急いだ。
『信長公の仇討だ。天下に名乗りを上げるぞ、みな急げ！』

信長へ持参した内、黄金五百枚を京都の商人・茶屋四郎次郎が使った。

服部半蔵ら伊賀者二百人と支援を申し出た数百の地侍に守れて桑名（十楽の津）から船で熱田を経由して六月五日には岡崎に帰城した。

「苦難の伊賀越え」であった。

家康は後年に伊賀者・甲賀者を多く召し抱えて「お庭番」にした。

服部半蔵正成（二代目、半蔵）は、父・半蔵初代、（保長）の代から家康に仕えていた。正成は通称「鬼半蔵」と呼ばれ、旗本として召し抱えられ、江戸城の甲州方面の門前に屋敷を与えられてこの門を警護した。この門は半蔵門と呼ばれた。

穴山梅雪《あなやまばいせつ》は、本能寺の変を知り警戒して家康と別行動したが脱出できなかった。

「信長公記」では一揆勢に遭遇し殺害とあるが家康が関与したに違いない。

梅雪《ばいせつ》は一揆勢の仕業に見せかけて家康によって切腹をさせられた。

六月十四日

家康は光秀討伐にやっと出陣した。

普通の出陣であれば二～三ヶ月前から準備するが急な家康の命令でも時間を要した。

家康は軍を率いて尾張・鳴海《なるみ》に着陣した。

六月十九日

「六月十三日に明智を京都・山崎の戦いで筑前（秀吉）が討ち取りし候」と知らせが来た。

『遅れたか。筑前（秀吉）が明智を討ったか。残念である。』

『ならば我らは甲斐・信濃を切り取り、わが手に入れるぞ！』

家康は本能寺の変後、信長が手に入れ織田重臣・河尻秀隆《かわじりひでたか》に与えた武田領を一揆勢と手を組んで秀隆を殺害して領土を増やした。

信濃海津城（長野市）の森長可《ながよし》には、放棄を促して領土の拡大を計った。

家康は井伊直政に命じた。

『強い旧武田家臣を多く召し抱えよ！』

『赤備えの最強軍団を作れ。家臣の新旧について分けへだては無用である。』

『はーッ。この直政。身命《しんめい》を賭《と》して、先陣を賜る赤備え兵《つわもの》の軍団をお作り致します。』

無論、穴山梅雪の甲斐も簒奪《さんだつ》、甲斐の一国と信濃の半国を切り取り、五ヵ国を手中にした。まさに、戦国の弱肉強食の時代である。

後に慶長五年（一六〇〇）九月十五日の関ヶ原の戦いを征して、慶長八年（一六〇三）

に家康は江戸幕府を開いた。

歴史家、磯田道史《いそだみちふみ》氏（静岡文化芸術大学教授）の分析によれば「伊賀越え」は家康の人生のターニング・ポイントであった。

『ピンチな時こそ未来変更可能な状態にあるのだ。今まで開けられなかったドアに手を掛け開けて、新しいチャンスを掴《つか》んだ。家康のこの行動こそが未来への道標《みちしるべ》である。』

「本能寺の変」は池に投げ込まれた石が波紋をおこすように情報は錯綜《さくそう》して過ぎていった。

一方、光秀、公家衆や安土のその後はどうなったか遡《さかのぼ》ってみる。


六月三日、光秀は近江の織田勢力の制圧を開始する。

安土城では午後二時頃、退避《たいひ》をすることになった。

このまま安土城を捨てて避難《ひなん》するのは忍びないので天主にある金銀・大刀など重宝を取り出し、城に火を放って退去をしょうとの意見があったが、蒲生賢秀《かたひで》は言った。

『上様（信長公）が長年心血を注いで作りし黄金、天下無双の城、なんで賢秀《かたひで》が焦土《しょうど》と出来ようか。その上金銀・名物の茶道具の財宝を掠奪《りゃくだつ》できようか。都人のあざけりを買う。』
安土城を木村次郎左衛門に任せ妻妾《さいし》を警護して整然と退去した。

六月四日、
光秀は近江全域を支配する。

六月五日、
光秀は瀬田の橋を修復して安土城に入城する。筒井順慶を説得するために藤田伝五を派遣した。細川藤孝のもとへ沼田光友を使者して送った。

同日、織田信孝方では、織田信澄《のぶすみ》が謀反《むほん》に加担をした疑いで殺害された。信孝・丹羽長秀軍《にわながひでぐん》は本能寺へ一番近いところにいたが、信澄を殺害したことが疑心暗鬼《ぎしんあんき》となり軍団を成していなかった。《㊟信澄は信長の弟・信行の嫡男で明智光秀の婿。》
丹羽長秀《にわながひで》は織田家で「米五郎左《こめごろうざ》」と言われ岩崎城を本拠とし、足利一族で遠祖は一色氏であった。
本能寺の変のときに天下に一番近いところにいたオトコ、豊臣時代に病魔に冒《おか》されて自ら腹を切って果てた。

長秀最後の言葉は次のとりであった。

『本能寺の変のとき、我が一番に光秀を撃っておればサルに天下は渡さずにすんだ。』

『無念である。サルに謀《たば》かられたわ！』

六月六日、
光秀は安土城を占拠して美濃・尾張の平定をした。
朝廷は誠仁《さねひと》親王の命令を光秀に伝えるため、吉田兼見《かねみ》を勅使《ちょくし》として安土城に派遣する。

六月七日、
安土城内では吉田兼見が勅使として光秀に言った。

『朝敵信長を討ち果した汝《なんじ》。美濃源土岐《とき》氏の惟任日向守《これとうひゅうがのかみ》明智光秀を征夷大将軍に推挙いたす。まずは京都の治安《ちあん》を維持せよ！』

兼見は奏上を約束し光秀に言った。

『そなたに与えし証（偽節刀《にせせつとう》）をお返し願いたい。』

兼見は信長の遺体が発見されないので、近衛前久から備前長船長光《びぜんおさふねながみつ》を取りも戻せと命じられた。

証と綸旨《りんじ》の交換を約束して兼見《かねみ》と光秀は謀反の存分を雑談した。

『目出度いぞー。目出度いぞ。光秀が信長を誅殺《ちゅうさつ》したわ！』

誠仁《さねひと》親王・近衛前久、信基《のぶもと》親子・勧修寺入道（尹豊《ただとよ》）・勧修寺晴豊らが祝宴を開いた。

六月八日、
光秀に秀吉の中国大返しの情報がはいる。

六月九日、
光秀は坂本城を出て兼見《かねみ》邸を訪れ、銀子五百枚を献上して備前長船長光を近衛前久《さきひさ》に返した。

『節刀《せっとう》をお返し申す！』

朝廷は、秀吉の中国大返しを知って、帝の綸旨《りんじ》に替えて誠仁親王の令旨《りょうじ》を与えた。

『天下静謐《てんかせいひつ》の後に、汝、美濃源土岐《とき》氏・惟任日向守明智光秀を征夷大将軍とする。』

五摂家で出迎え宴会《えんかい》をした。《㊟令旨《りょうじ》は皇太子の命令書。》

備前長船長光《びぜんおさふねながみつ》にも数奇な物語がある。

備前長船長光は、信長から前久の嫡子・近衛信基《のぶもと》の元服に贈られて後、光秀に渡り、また光秀から前久に戻った。

前久は、織田信孝や秀吉から黒幕と目を付けられて京都・嵯峨に五ヶ月間隠遁《いんとん》した。

その後、遠江《とおとうみ》浜松の家康に保護をもとめて下向し十ヶ月滞在して京に戻った。

前久は嫡子の近衛信基を関白にしょうとした。

ところが二条昭実《あきざね》も関白になろうと朝廷に働きかけて争った。

その頃、秀吉は足利義昭の猶子《ゆうし》（養子になることである。）となって征夷大将軍になろうとしたが義昭の拒絶にあっていた。

秀吉は、関白職の争いに目を付けて二人の間に割って入り前久の猶子《ゆうし》になり関白職を手に入れた。

『備前長船長光《びぜんおさふねながみつ》これが、上様が信基殿の元服に贈ったかの名刀でござるか。』

秀吉は前久の手元に戻った信長から拝領の名刀にも目を付けて、備前長船長光を召し上げた。偽節刀《にせせつとう》の件をどこかで知り裏取引を強要した疑いがある。

その後、備前長船長光は豊臣大阪城が炎上して行方へ知れずになった。

光秀から細川藤孝に届いた書状には次の通りかいてあった。
「藤孝・忠興父子が信長に弔意《ちょうい》を表し元結《もとゆ》いを切ったことに腹を立てたが仕方がないことである。しかしながら味方をしてもらいたい。恩賞として摂津《せっつ》を考えているが、但馬《たじま》、若狭《わかさ》もお望みなら進上《しんじょう》いたす。我が謀反は与一郎（忠興）を取り立てるためのもので五十日、百日の内に近国を固め後は十五郎（光秀の嫡男光慶《みつよし》）、与一郎に政権を引き渡す所存である。

六月九日

光秀（花押）」

六月十日、
光秀は摂津の制圧に動く。
山崎の合戦の直前、有利な側に付こうとする大和の筒井順慶が、山城八幡付近の洞ヶ峠《ほらがとうげ》で戦況を傍観《ぼうかん》して「洞ヶ峠《ほらがとうげ》をきめこむ」といわれるが、事実ではない。実際に洞ヶ峠に出て来たのは明智光秀だった。
『順慶はまだ来ぬか。日和見を決める腹か、もう待てぬ。』

六月十一日、

光秀は摂津から下鳥羽に帰陣し、淀城を強化して防衛ラインをさげた。

六月十二日、
光秀は山崎へ出陣する。

六月十三日、
山崎の合戦に敗れて光秀は勝竜寺城に立て籠もる。
夜陰にまぎれて坂本城をめざすが、京都の小栗栖《おぐるす》（醍醐か山科辺り）で武者狩りにより落命する。

六月十四日
安土城が炎上する。

六月十八日、斉藤利三《としみつ》は近江堅田で捕縛《ほばく》される。暑さのため衰弱して言葉もしゃべれなく六条河原で斬首《ざんしゅ》された。光秀と共に磔《はりつけ》にされたともいう。
享年四十九歳。

しかし、六条河原で斬首されたのは弟の斉藤三続《みつつぐ》が利三《としみつ》の身代わり「影武者」となった可能性がある。利三は駿河へ落ち延びた。彼こそが後に徳川家康のブレーンとなり黒衣《こくい》の宰相《さいしょう》・南光坊天海《なんこうぼうてんかい》であった。百九歳　没。

利三の娘のお福（春日の局）は、徳川家光（徳川三代将軍）の乳母として権勢を誇った。お福につながる者は、徳川の時代に出世している。福の長男・正勝は小田原城主八万五千石。

利三の三男は佐渡守。五男・三存《みつなか》は徳川の旗本。福の大奥採用で離別した稲葉正成《まさなり》は下野真岡で二万石。

正成の先妻の子・堀田正盛は下総佐倉城主十一万石、後に老中筆頭になる。

娘の子三男・正俊は、福の養子になり後に大老に大出世した。

太田牛一は「信長公記」最後のまとめを次の通り記した。

「信長様、御切腹と聞くや皆　家を棄て妻だけを連れてめいめい勝手に安土から逃げた。」

一巻から十四巻の巻末はすべて「珍重珍重《めでたしめでたし》」としたが十五巻の頁の最後だけは白紙とした。

十一、中国大返しの謎

秀吉は天正十年（一五八二）六月二日の夜には、本能寺の変を知っていた。

光秀の領地である丹波を秀吉の使者が往来していた。

丹波の豪族の夜久《やくし》氏がこのルートで信長の死を秀吉の弟、羽柴秀長に知らせたのである。

近年（二〇一五）羽柴秀長が夜久《やくし》氏に宛てた返書状が残っている事を藤田達生《ふじたたつお》氏（三重大学教授）が発見した。《㊟夜久《やくし》氏は福知山市夜久野町の豪族である。》

天正元年（一五七三）九月、浅井氏を滅ぼすと秀吉に浅井氏の大部分の領地が与えられ織田家（十二万石）で二番目の城持ち大名になった。

光秀が一番であった。

『おね、おっかー。今日から一国一城の主《あるじ》ぞ！』

『親の金をくすねて針売りをしていた大ボラ吹きの藤吉郎が、嘘ではないか！』

大名になった秀吉は、側室を持つのは当たり前と城に女を連れ込んだ。
妻の「おね」は怒り、信長に秀吉の行状を訴えた。
『にわかに殿さまになって、色狂いの藤吉郎を諫《いさ》めて下さいませ。』
信長は二人を呼びつけて言った。
『おね、大名の奥方になったのだから焼きもちなど焼くな。』
『藤吉郎、これほどの女房殿はどこにも居らぬぞ、少しは慎《つつ》しめ！』
合理主義で情が薄いはずの信長が意外な人情味を見せた。
二人が主人の懐《ふところ》に飛び込むところを信長は可愛がった。《㊟おねが、信長に手紙を出したともいう。》

天正三年（一五七五）九月、信長は北陸経営を柴田勝家に預けた。
『勝家よ、越前はおまえに預けるが、おれに足を向けて寝ることは許さん！』
『不破光治《ふわみつはる》、佐々成政《さ さなりまさ》、前田利家の三人をお前の目付役とする。気を抜かず励めー。』
天正五年（一五七七）九月十五日、北陸攻略の織田軍の中に秀吉はいた。
総大将は柴田勝家である。

秀吉は、信長の密命を受けていた。

『サル、毛利攻めをお前に任せる。うまい理屈をつけて勝家のもとから戻れ！』『はっ、はー、あり難き幸せに御座ります。』

秀吉は天にも昇る程、喜んだ。

秀吉は上杉謙信が能登の七尾城に満を持して、入城をしたのを誰よりも早く知って勝家に喧嘩をうった。

『このままでの七尾城攻めは下策でござる。』

『総大将はこのわしだ。サル、命に従え！』

勝家の態度を見て即座《そくざ》に決めた。

『ならば、我が軍は引き上げまする！』

秀吉はサッササと陣払いをした。

信長は苦笑しながら謹慎《きんしん》を命じる。

『サル、しばらく目通り叶わぬ。謹慎しておれ！』

謹慎した秀吉は、長浜城内でドンチャン騒ぎをして、信長の命令を待った。

『皆の者、さあー、飲め、飲め、歌え、踊れやー、命の選択ぞ！』

『静かにしておれば、謀反《むほん》と思われる。さあー、飲め、飲め。』

信長の「やらせ」をサラッと見事に演じる秀吉を可愛がった。

間もなく毛利征伐の総大将となり胸を張って播磨《はりま》へ出陣していった。

『皆の者、毛利征伐に向かうぞー。』

『エイ、エイ、オー。』


信長について次の書状が残っている。

天正元年（一五七三）十二月十二日付の児玉・井上・山県越前守に宛てた、有名な安国寺恵瓊《あんこくじえけい》の書状である。

恵瓊は毛利氏の使僧にして戦国大名である。

「信長の代、五年、三年は持たるべく候。来年辺は、公家などに成らるべく候かと見及び申候。左候て後、高ころびに、あおのけにころばれ候ずると見え申候。」

（信長の世は五年、三年は持つだろう、来年あたりは公家に成るだろう、だがその後は、つまりあお向けにひっくり返る）

書状の内容は、信長の非命を予言したものであった。

信長を取り巻く情勢は、いつ謀反《むほん》が起こっても不思議ではない状況だった。

そのために秀吉は何が起きても良いように情報ネットを準備していたのだ。

天正十年（一五八二）三月十五日、
秀吉が二万余りで「毛利征伐」を開始する。

四月十五日、
秀吉軍は備中に進軍し毛利軍の七城の内、二城を落とし備中高松城を囲んだ。
備中高松城は、沼地の中の城で容易に落とすのが難しい自然を利用した城であった。
城を取り巻く広い泥濘《でいねい》地が強い防備力で、手も足も出せない難攻不落の城である。

五月七日、（新暦：六月二十四日）
さすがの秀吉や官兵衛《かんべい》も頭を抱《かか》えた。
そこに幸運にも奇跡《きせき》が起《お》きた。
梅雨に入り思わぬ大雨で盆地は洪水状態になった。
この光景を見て逆手に取った軍師・黒田官兵衛《かんべい》は、献策《けんさく》して秀吉は「水攻め」にした。
水が流出しそうな箇所に堤防《ていぼう》を構築《こうちく》し「湖水の大池（ダム）」とした。
秀吉は完全に包囲して食糧を断った。

『官兵衛がやったわ。これでは城から蟻の一匹も出られまいぞぇ！』
『水攻めとは見事だ。上様も驚かれるに違いない。』
『上様に至急に使いを出す。』
備中高松城主・清水宗治《むねはる》は、主家の毛利家に至急に援軍を求めた。
『織田軍が大軍にて囲み信長が着陣するとの事、至急に加勢を願いたい。』
毛利の三軍、毛利輝元・吉川元春・小早川隆景が西の二十キロまで救援に着陣した。
『この光景は何だ、遅れたか！』
と口々に言った。

伝記よれば、
秀吉は約三キロの膨大な堤防《ていぼう》を十二日間で造り、梅雨で水嵩《みずかさ》の増す足守川《あしもりがわ》を堰《せき》止めて、湖水にして兵糧攻めにした。
秀吉の工事費は銭で六十三万五千貫文余り、米六万三千五百万石余りを使い、使用土俵は六百三十五万俵を要したとあるがこれは、「ホラ」（嘘）であろう。《㊟工事費は銭だけで六十三万五千貫文余りとあるが現在（二〇一五）の価格では約八千五百八十九億円となる。》
土木工学専門家・額田雅弘《ぬかだまさひろ》氏は、「備中高松城水攻めの虚と実」の論文で「古文書の通り築造すると、十トンのトラックで延べ六万四千台の土量を移動することになり、総工費はおよそ二百七十億円が必要で、現代の土木技術をもってしても十二日間では到底《とうてい》に不可能」と断言している。

実際は思わぬ自然現象に遭遇してこれをうまく利用した「水攻め」だった。

●一枚の写真に現れた、水に沈む城

高松城址研究家・林信男《のぶお》氏は、長年の調査研究により一枚の写真を撮影した。『備中高松城水攻の検証』の著書の中で真相を解明し発表した。

昭和六十年（一九八五）六月二十五日の同地方を襲った洪水《こうずい》時に林氏が撮影した写真を見ると、備中高松城本丸とおぼしき建物がほぼ冠水寸前《かんすいすんぜん》になっている。まさに水攻めにあった備中高松城が再現された。

備中高松城は三方が山で囲まれており、豪雨で洪水が発生する立地条件の土地なのである。

林氏は備中高松城址の旧本丸に入る地籍で、和菓子司「清鏡庵《せいきょあん》」を営む郷土歴史家である。《㊟信男氏はすでに他界されて、現在は御子息の林辰夫氏が継がれている。》

「水攻め」は陰暦で天正十年四月二十九日から五月五日の六日間で、山口大学の山本武夫《たけお》教授（気象学）の調査によれば、降雨量は二百ミリを超えていたと報告されている。

　実際には秀吉が造った堤防は、水が流失する一部分、三百メートル程度（高さは二メートル）を土俵で補強をしたものであった。

　この偶然に起きた現象こそが「本能寺の変」を起こす第二の扉を開けたのである。

　秀吉は五月十七日に安土城の信長の許《もと》へ早馬の書状を出した。

「水攻め」が再現された。

１９８５年6月２５日　洪水時の状況（林信男氏・辰夫氏が撮影）

２０１５年１０月２３日

『備中高松城を水攻めにしたところ、毛利軍、五万もの大軍で救援に押し出て来ましたので上様（信長公）に、是非、是非、御来援の程お願い申し上げます。』

秀吉一流の「ゴマすり」であった。

秀吉軍でも十分に毛利軍は落せたが信長のご機嫌を取り、他の武将の妬《ねた》みを買わないようにした。

来援の知らせは貰《もら》ったが気まぐれな信長のこといつ来るかわからない。

そこで、いつでも対処できるように準備し、情報が入るルートを確保して待っていた。

六月二日、夜、

秀吉の弟・秀長のもとへ一報が届いた。

夜久氏《やくし》から「本能寺の変」の情報が飛び込んできたのである。

そして、順次別ルートから情報が入り確実なものになった。

『兄者、兄者、大変だー。』

『光秀が謀反《むほん》をおこした。上様（信長公）が本能寺で亡くなられた。我らは何とする！』

『なに、ぅー、上様が光秀に撃たれたか、それは誠ことか。』

『こらゃー、大変だ、大変だ、困ったぞー。』

秀吉・秀長兄弟は早速二人で密談《みつだん》をした。

織田軍では、秀吉はやっと上位から五番目であった。

『小一郎、おれの首が危ない！』《㊟小一郎とは秀長である。》

信長がいない織田家では秀吉の首も危ういと結論に達した。

『すぐに官兵衛《かんべい》を呼べ。』

ここは一番、大勝負と腹を括《くく》り軍師、黒田官兵衛《かんべい》を呼び秀吉は大泣きの演技をしながら官兵衛にこの書状を見せた。

官兵衛は書状を読むなり秀吉に言った。

『殿、おめでとうございます。まさにこれは好機でございます。上様（信長公）の弔《とむら》いをして、天下をお取りなされ！』

秀吉は大泣きの演技の中で、官兵衛の冷静な判断を見抜いた。

『このオトコ、怖《こわ》い奴《やつ》！』

秀吉は重臣たちと中国方面の撤退を協議し即実行《そくじっこう》した。

『直ぐに和議を整えよ、上様の弔《とむら》いをわれらの手でするぞ！』

後年、秀吉が天下人となって、家臣を前にわし（秀吉）が死んだら誰が天下を狙うかと訪ねた。

家康・前田利家・蒲生氏郷・などの候補が挙がって秀吉は、笑いながら答えた。

『あのチンバ（官兵衛《かんべい》）よ！』

《㊟官兵衛は信長に謀反した荒木村重《むらしげ》の説得に失敗して牢《ろう》に幽閉《ゆうへい》され片足を負傷した。秀吉の言葉を耳にした官兵衛は即座《そくざ》に剃髪《ていはつ》して「如水《じょすい》」と名乗り隠居《いんきょ》した。》

六月三日
官兵衛は秀吉の命を受けて、毛利方との和議交渉に入った。

備中高松城主、清水宗治《むねはる》へ切腹を条件に城兵五千を助けると使いの小舟を出した。

一方で、備中高松城から南西・四キロ離れた日差山《ひさしやま》に陣を張る小早川隆景《たかかげ》の許《もと》に和議の使いを送った。

隆景は和議を決断して、本陣で毛利輝元、吉川元春と協議をした。

『宗治を切腹させよと言うか。』

『助けることはできぬか。』

『仕方がなかろう。条件を飲んで和議を結ぶしかなかろうがー。』

「毛利軍が五万」との書状は秀吉の誇張《こちょう》である。

毛利領百二十万石（一万石＝二百五十人）で毛利軍が総動員できる兵は四万八千人で

ある。

この時、（五月十七日）、実際は九州の大友氏、伯耆《ほうき》の南条氏の押さえに軍勢をさいて、毛利軍はせいぜい一万八千人ぐらいしか着陣していなかった。

しかし、毛利が信長の死を知れば別であって攻撃してくる可能性はおおいにあった。

六月三日、深夜、（大雨）

毛利方と和議成立、まだ毛利方は本能寺の変を知らない。

備中高松城の戦いの和議において、織田方から毛利氏に送られた人質は、森高政であった。

《和議の条件》

「和議に際し織田方から毛利方に求めた条件は、城主清水宗治の切腹と備中・美作・伯者の割譲であった。」

「中国大返し」の工程を「歴史読本」所載・藤本光氏の「疾風怒涛・秀吉東上の経路」から引用すると次の通りになる。

（六月）

二日、　曇り　備中高松城水攻め交戦中。
三日、　大雨　夜凶変至り、深夜毛利方と和議成立。
四日、　　　　高松城主・清水宗治自刃。起請文調印。（夕刻毛利軍も情報入手）
五日、　大雨　高松城在陣。
六日、　　　　高松発—沼《ぬま》着。（二十キロ）
七日、　大雨　沼発—（吉井川渡河）姫路着。（八十キロ）
八日、　　　　姫路滞陣。
九日、　大雨　姫路発—（夜半）兵庫着。（四十キロ）
十日、　　　　兵庫発—尼崎《あまがさき》に進出。（四十キロ）
十一日、　雨　尼崎発—摂津富田《せっつとんだ》方面に進出。（二十七キロ）
十二日、　　　中川清秀・高山右近・池田恒興《つねおき》来属《きぞく》。
十三日、雨　　織田信孝・丹羽長秀《にわながひで》合流。富田—山崎へ（十二キロ）。午後四時頃、開戦。
　　　　　　　（明智軍、敗走）
走行は総計二百十九キロに及んでいる。
吉川元春は追撃を強固に主張したが、小早川隆景の賢明な諫《いさ》めで毛利軍は追撃を諦《あきら》めた。

『秀吉め！　我らを謀《はか》った。急ぎ追撃だ！』

『兄者。追うのは止めて大恩を売ろうではないか。』

後に小早川隆景は追撃を止めた事で豊臣家の五大老になった。

宇喜多《うきた》秀家も見事に殿《しんがり》を果して、豊臣家五大老の一人に列した。

秀吉軍の実際の「中国大返し」は次の通りである。

秀吉軍は一万を一隊～三隊に分けた。

一番隊は装備・荷駄隊と年寄隊を合わせた四千で、四日～十一日までに撤退した。（八日間の平均二十六キロ）

『荷駄隊と年寄隊は一番に出発せよ！』

二番隊は三千が五日～十一日までに撤退した。（七日間の平均三十キロ）

三番隊は三千が六日～十一日までに撤退した。（六日間の平均三六・五キロ）

『身軽にして急げ、武具は先に置いてあるぞ！』

若者や頑強者の部隊が、軽装で一部に毛利軍の旗を掲げて撤退した。

『おー、あの毛利軍も援軍に加わったぞ！』

秀吉・軍師官兵衛ならこれくらいはやったであろう。

最後に宇喜多隊八千が足守川《あしもりがわ》の堰《せき》を落として岡山城まで撤退する。（約十五キロをマラソンのように走る。）

『走れ、走れ、秀吉様が天下をとるぞ！』

秀吉軍の一万八千の内、最初から一万人の撤退しか考えていなかった。

☆中国大返しの分析をすればいつ何が起きるか分からぬ乱世である。
常に情報ネットを張っていた秀吉が他の武将を制した。
本能寺の変は六月二日　午前六時頃、発生する。

六月二日夜＝秀吉に伝わる。

六月七日頃＝柴田勝家に伝わる。

六月九日頃＝滝川一益《かずます》に伝わる。

☆秀吉は手際良く和議を結んで次のように行なった。
①　スタート（出発）が早かった。

② 軍行の綿密なプランがあった。

③ 兵庫・尼崎に予備の武器を準備していた。

☆秀吉は手紙・恩賞《おんしょう》・情報の入手、伝達の作戦を用いた。

姫路城に兵が着くと恩賞の先払いをし、秀吉が天下を取ったら家臣もランクアップすると情報を流した。

『我らも城持ち大名に成れるぞ！』

『この様な好機がまたとあるか。急げ、急げ！』

秀吉の領地の姫路から兵庫までは、沿線で炊《た》き出しをして兵の喚起《かんき》を盛りあげた。

僧侶は信長の弔《とむら》いの読経《どきょう》を読み演出した。

『炊《た》き出しがあるぞ。熱いから気を付けて食べよ！』

『憎い、光秀を必ず討てよ！』

『無始以来《むしいらい》　謗法罪障消滅《ほうぼうざいしょうしょうめつ》　今身《こんみ》より佛身《ぶつみ》にいたるまで　よくたもち　……

南無妙法蓮華経《なむみょうほうれんげきょう》！』（読経《どきょう》）を流した。

奇蹟《きせき》の大返しを起す必要はなく、後日に秀吉は武勇伝《ぶゆうでん》として大げさな話にした。

秀吉が摂津衆の要《かなめ》の中川清秀《きよひで》に出した手紙は次の通りであった。

信長が生きて活躍《かつやく》したように具体的に心理をついた文であった。
「上様（信長公）は何事もなく生きておられる。」
「福平左《ふくへいざ》が三度も光秀軍を追い返した。」《㊟福富平左衛門《ふくとみへいざえもん》は織田家でも有名な剛の者であった。》
秀吉は信長の首が見つかっていない情報を掴《つか》んでいた。

六月十日、
中川清秀へ二通目のダメ押しの手紙は、次の通りであった。

「明日は兵庫、西宮辺りまでまかり着陣しむべく候《そうろう》
追伸　柴田勝家もこちらに向かう準備中である。」

丹羽長秀から来た文も勝家軍が秀吉軍に加わるとプレッシャーをかけて決断をうながした。

『この文を見たらあの欲張りな清秀めー、我らに着こうぞ！』

と秀吉はニンマリ微笑んだ。

池田恒興・高山右近の摂津衆にも手紙攻勢をかけた。

『我が軍勢に加勢すれば恩賞は思いのままぞー。』

摂津《せっつ》三人衆は秀吉軍についた。

光秀が頼りの細川藤孝・忠興親子へも手紙で「中国大返し」を具体的に書いて光秀に加担せぬよう説き藤孝・忠興親子からは、加担せぬと回答を得た。

同じく奈良の筒井順慶にも手紙攻勢をかけた。

『どちらに着くか、ここは思案が肝心《かんじん》じゃあぞ！』

筒井順慶はどちらにつくか相当に迷った末に、光秀に加担せず大和郡山《こおりやま》城に籠城《ろうじょう》を決めた。

秀吉は尼崎でスピードを落とし、兵の体力の回復と光秀の動静を確かめながら進軍した。

大阪の富田《とんだ》で織田信孝と丹羽長秀と合流して、名目上の総大将に信孝を決めた。

『形だけは三七殿《さんしちどの》（信孝）を総大将に祭り挙《あ》げておこう。あとは何とか成るわ！』

山崎の合戦前には秀吉軍は四万の大軍に膨れ上がった。

『秀吉め、これほど速く帰って来るとは恐ろしき奴め！』

光秀は秀吉の勝利を阻む大きな罠《わな》を仕掛けていた。

京都山崎は合戦の舞台である。北にそびえる天王山、南に流れる淀川、古くから京都の要衝《ようしょう》として栄え、西から京にのぼるには、この山と川に挟まれた西国街道を通らねばならない。四万の軍勢を率いて京を目指す秀吉は、この山崎に差し掛かった時に光秀の仕掛けた罠を目にする事となった。

それはこの地域最大の古墳《こふん》（恵解山古墳《いげのやまこふん》）を利用して、改良を加えて砦《とりで》を築き待ち構えていたことであった。《㊟二〇〇八年、長岡市埋蔵文化センターによって、その痕跡《こんせき》が発掘された。古墳を大きく削り段状に盛り直したことが判明した。二〇一一年には防御のための堀や巨大な溝が発見され、突貫《とっかん》工事で造られ、木槌《きづち》がそのまま埋まっていた。》

光秀が一夜城として築いた要塞《ようさい》の砦では、全長一二八メートル、三階の櫓《やぐら》に相当する巨大なものだった。秀吉が大軍を率いて山崎の狭い部分に通過するにはどうしても軍隊は縦にならなければならず、光秀は少数（一万六千）の兵力でも互角に戦えると考えたのだ。

六月十二日、前夜

二人は（秀吉・光秀）共に天王山に目を付けた。

秀吉は地の利を知る地元の者に案内させて暗闇《くらやみ》に鉄砲隊を潜《ひそ》ませた。

一方、光秀軍は急ぎ天王山を手中にするため松明《たいまつ》をかざして進軍した。秀吉軍は松明を目印に鉄砲で攻撃した。秀吉は天王山の中腹にある宝積寺《ほうしゃくじ》に本陣を構えた。

「明日の合戦の勝ち負けは天王山を取るか取られるか次第成り」（絵本太閤記より）

六月十三日

（新暦：七月一日）午後四時（申《さる》の刻《こく》）、戦機は熟し、山崎の合戦の火ぶたが切られた。

合歓《ねむ》の花が木々の間に赤い綿毛《わたげ》のように咲いて、降りしきる雨に濡れていた。

秀吉軍の先陣は高山右近の千二百がクルス（十字架）旗を掲げて西国街道から殺到して戦いは始まった。

『光秀は戦い上手だぞー、みな手を抜くな、締《し》めて掛《かか》かれ！』

高山隊すぐ後ろの木村隊（重茲《しげこれ》）が光秀軍に襲い掛かろうした。ところが思わぬ苦戦を強いられた。

高山隊が進撃する西国街道は狭隘《きょうあい》で道幅が六メールしかない街道だった。

秀吉軍が進むには大軍で所狭《ところせま》しとなった。

秀吉軍は一点突破になり大軍が詰まってしまった。

そこに迎え撃ったのは、光秀の右腕で斎藤利三《としみつ》が白地に赤の撫子《なでしこ》の流れ旗で突進した。

猛将利三《としみつ》が高山隊を圧倒して押し返した。

天王山で戦況を一望していた秀吉は、光秀軍の弱点を見つけここで一気に巻き返しに掛かった。

光秀は秀吉に天王山を取られたことで、麓《ふもと》に急ごしらえの砦を築き多くの兵を配置しなければならなかった。

『恒興《つねおき》に川を渡せて鉄砲で撃ちかけさせろ！』

反対側の淀川付近が手薄になっていた。

池田恒興《つねおき》は信長の乳兄弟《ちきょうだい》である。恒興《つねおき》は怒りに燃えて炎の三鈷剣《みこけん》(不動明王が持つ剣)の指物《さしもの》を身に着けて命令を下して先陣を掛けた。遅れを取るなと池田隊五千は揚羽蝶紋《あげはちょうもん》の旗を掲《かか》げ水しぶきを上げて川を渡り光秀軍の側面を叩いた。

池田隊は至近距離《しきんきょり》から大鉄砲を水色桔梗《みずいろききょう》の旗が棚引《たなび》く光秀本陣に撃ちかけた。

『あの大桔梗紋《だいききょうもん》が光秀の馬印だ。撃て、撃て、撃ち込め！』

『ドバーン、ドバーン、ドバーン、ドバーン。』

《㊟二〇〇七年、長岡市埋蔵文化センターに置いて、秀吉軍が撃ったとされる鉄砲の大玉が多数発掘された。》

まさに光秀の意表を突く池田隊の猛攻は一気に光秀の本陣に迫った。

『清秀に山から突撃させろ！』

頃合いを見て、小高い天王山から白地に黒いバテ十字紋の中川清秀軍四千余りが光秀軍に向かい先鋒《せんぽう》の横からなだれ込んで大勢は決した。

『今だ、打って出るぞ。横を突《つ》け！』

開戦からわずか二時間で光秀は敗走した。

秀吉は十一日間で激戦を制したのだった。

『光秀の首に恩賞を掛ける。草の根を分けても探せ！』

『斉藤利三《としみつ》も同様だ。探せ、探せ！』

『この戦（信長を倒す）は、私欲では断じてない。古来よりの伝統と秩序を取り戻す戦だったはずである。』

『あくまでも明智家の再興が望みだった。あのオトコ（信長）が狂わせたのだ！』

合戦に敗れた光秀は、勝竜寺城《しょうりゅうじじょう》に立て籠《こ》もり夜陰にまぎれて坂本城をめざすが、京都の小栗栖《おぐるす》で武者狩りによって落命する。《㊟落命場所は醍醐《だいご》か山科辺《やましなあた》りともいうが実際は、光秀の最後は首が発見されただけで詳しくわかっていない。》

太田牛一《おおたじゅういち》の「太田牛一旧記」が近年（二〇一四）に発見されてそれによると次の通りである。

「がめつきやりで、虚空《こくう》つき、腰骨《こしぼね》に突《つ》きあたり」

錆槍で藪の中をやたら突いたら馬から落ちた武者がいた、これが光秀であった。これで初めて大手柄《おおてがら》という事が分かった。

『これはなんと驚いたぞー。大将の首だ、大金になるぞ！』

光秀の最後の言葉は次の通りだった。

『頸《くび》を知恩院《ちおんいん》へ葬《ほうむ》ってくれ！』

享年五十六歳とも六十七歳だったともいう。

光秀の三日天下というが実際は十一日間の天下だった。

一方公家衆は、狼狽《ろうばい》し近衛前久《さきひさ》は京都嵯峨へ隠遁《いんとん》し、勧修寺尹豊《ただとよ》隠居《いんきょ》も慌《あわ》て京都の嵯峨へ隠れ、吉田兼見《かねみ》は慌てて「兼見卿記《かねみきょうき》」を改ざんして、秀吉や信孝の追及を逃れるのに追われた。

『麻呂の首も危ないわ！』

『筑前がこれほど速く大返しをするとは思って見なかった。』

『麻呂は、浜松の家康の許《もと》に逃げるとするまででごじゃる。』

里村紹巴《じょうは》も厳しい疑いを掛けられた。

『愛宕山参詣《あたごやまさんけい》は密会ではないか。』

『光秀に脅《おど》されただけに御座る。』

『筑前の取り調べがあるとやら！』

『これは早く、日記を書き換えねばならぬでごじゃる。証拠は残してはならぬ。』

怪しき公家の山科言経《ことつぐ》、勧修寺春豊は「言経卿記」、「日々記」の記録を改ざんした疑いがある。

朝廷も秀吉と信孝の対応に追われた。

『二人に使いをだせ、正式に節刀《せつとう》を与えよ！』

後に誠仁親王《さねひとしんのう》は、皇太子であるにもかかわらず即位《そくい》しないままに三十四歳で不審死する。［多聞院日記］

本能寺の変から四年後の怪死《かいし》であった。

六月十四日、
信孝、秀吉への「太刀《たち》を下賜《かし》」される。
『謹んで御拝領申し上げ奉らん。』
朝廷は慌《あわ》てて光秀への討伐《とうばつ》を承認したのであった。

六月十四日、

安土城が炎上する。

（六月十五日に炎上の記録もある。）

吉田兼見《かねみ》の日記に次の通り書いてある。

「安土炎上伝々《あづちえんじょうでんくりかえし》、自山下類焼伝々《じやましたるいしょうでんくりかえし》」

『安土城が燃えるぞー。誰だ、誰だ、火を付けたのは誰だ。もったいない！』

『城下も火が移ったぞ！』

安土城炎上をルイス・フロイスが記録に残している。

「付近にいた信雄《のぶかつ》（信長の二男）がいかなる理由によるか明でなく、智力の足《た》らざるためであろうか。」

実際は誰が火をつけたかどのように燃えたか記されていない。信長の天下無双の安土城は築城から僅《わず》か六年で消えた。

六月十五日、

織田信孝の許《もと》へ光秀の首が届けられた。
『憎き、憎き、光秀め！』
『お父上の仇《かたき》は、この信孝が取ったぞ！』
『地獄に落ちろ！』
『逆臣《ぎゃくしん》の謀反人《むほんにん》、光秀の首を一条戻橋《もどりばし》にさらせ！』
《㊟信孝は本能寺の御屋敷址に信長の供養塔を立てた。》

六月十八日、
光秀、斉藤利三《としみつ》は首を繋《つな》がれ磔《はりつけ》にされた。
『こちらが斉藤利三《としみつ》の首か！』
『これが謀反人《むほんにん》の光秀か！』
『三日天下とは哀《あわ》れなオトコだ。』
秀吉は焼けて灰燼《かいじん》と帰《き》した、本能寺の御屋敷址を丹念に信長の遺品を探した。
『探せ、探せ、何か残っておらぬか。』
信長が最後に入った奥の間あたりを念入りに探した。
そして、秀吉が焼けた木片をかき分けた瞬間、人握《ひとにぎ》りの炭《すみ》が空気に触れて真っ赤な炎となった。

『うぅー、上様！』

信長の魂《たましい》か――。

真実を知るはこの炎だけである。

完

あとがき

本能寺の変（六月二日）から三週間後の天正十年（一五八二）六月二十四日、織田家筆頭家老の柴田勝家より「織田家の行く末を決める会議を開く」と知らせがあった。

出席者は柴田勝家、丹羽長秀、羽柴秀吉、池田恒興の四人で五日間行われた清須会議である。《㊟滝川一益は関東地方へ出陣中で欠席した。一説には直前の神奈川の戦いで敗戦を口実に、参加を拒まれたともいう。》

会議は織田家の当主・跡目の座を巡り伯仲した。

勝家は強力に信孝を押す。

秀吉は筋目から信忠の嫡子の三法師を立てて一歩も譲らない。

会議を決定したのは丹羽長秀の一言だった。

『修理亮《しゅりのすけ》（勝家）殿、遅れを取ったな。光秀を倒したのは筑前（秀吉）である。』

織田家の跡目は三法師に決定し、信孝は後見人となった。

天正十年（一五八二）十月十五日、

秀吉は信長の葬儀を大徳寺で盛大に挙行し一気に天下への階段を昇った。《㊟信長の墓

とされるのは全国に十七ヶ所ある。》

天正十三年（一五八五）七月十一日、

秀吉は「関白相論」の問題に割って入り、近衛前久の弱みに付け込んで猶子《ゆうし》となって関白に就任し朝廷を脅して天下を握った。《㊟秀吉は本能寺の変で朝廷の関与を不問とした。》

最初に黒幕説を唱えたて、本を出版したのは八切止夫氏だった。

「信長殺し、光秀ではない（講談社）昭和四十二年八月二十八日　発行」

それから色々な書物や資料が出て、光秀単独犯・主犯存在説・黒幕存在説、など多数の説がある。

本能寺の変は、いまだに解決しない日本最大のミステリー事件である。

たくさんの先人の方々や、研究者の方々の書物や資料を参考にして、この謎解きに挑戦しました。お礼を申し上げます。

また、この執筆を応援と支援してくれた家族へ感謝と幸あらんことを祈ります。

太田牛一の「信長公記」の言葉で締め括りたい。
『私の書くものに作り話は一切ない。もし一つでも偽りを書けば天の怒りを買うであろう。』

森　芳男

二〇一五年十一月二十日

参考文献一覧

『信長公記』　大田牛一・中川太古訳　（新人物文庫）
『日本の合戦　五　織田信長』　桑田忠親　（新人物往来社）
『激震織田信長』　土屋俊介　（学研パブリッシング）
『信長の謎』　小和田哲男　（青春出版社）
『信長は謀略で殺されたのか』　鈴木眞哉・藤本正行　（洋泉社）
完訳フロイス日本史③ ルイス・フロイス『安土城と本能寺の変』　松田毅一・川崎桃太　（中公文庫）
『徳川家の家紋はなぜ葉葵なのか』　稲垣栄洋　（東洋経済新報社）
『豊臣大阪城』　笠谷和比古・黒田慶一　（新潮選書）
『検証長篠合戦』　平山優　（吉川弘文館）
『再検証長篠の戦い』　藤本正行　（洋泉社）
『信長の言葉』　童門冬二　（角川マガジンズ）
『信長権力と朝廷　第二版』　立花京子　（岩田書院）
『英雄を歩く』　安部龍太郎　（日本実業出版社）
『真説　本能寺の変』　安部龍太郎・立花京子・他　（集英社）
『本能寺の変　秀吉の陰謀』　井上慶雪　（祥伝社）
『近衛前久が謀った　真説　本能寺の変』　濱田昭生　（東洋出版）
『本能寺の変　四二七年目の真実』　明智憲三郎　（プレジデント社）
『信長死すべし』　山本兼一　（角川書店）
『日本城郭検定公式問題集』　脇谷典利　（学研パブリッシング）
『信長戦国歴史検定』　小和田哲男・小和田泰経　（学研パブリッシング）
『歴史読本』（織田信長・真説・本能寺の変）（新人物往来社）
『流浪の戦国貴族近衛前久』　谷口研伍　（中公新書）
『織田信長・天下一統の謎』　太丸伸章　（学習研究社）
『織田信長家臣人名事典』　谷口克広　（吉川弘文館）
『織田信長事典』　岡田正人　（雄山閣）
『図解　日本史』　若松和紀　（東西社）
『きょうの一句』　谷口俊彦　（ＮＨＫサービスセンター）
『日本の七十二候を楽しむ』　白井明大　（東邦出版）

このほか文献・関係市町村の史誌も多数参考にさせていただきました、深く感謝いたします。

略系図

織田氏略系図・織田信長

桓武天皇(50代)—葛原親王—高望王—維衡(伊勢平氏)—忠盛
—平清盛—重盛—資盛—親実(忌部《いんべ》氏・津田氏)—親基—常昌
(織田氏)—久長—敏定—良信(織田・弾正忠家)—信定—信秀
—信長—信忠

明智氏略系図・明智光秀

清和天皇(56代)—貞純親王—経基(源氏)—源満仲—国房—光
国—光信(土岐氏)—光基—頼貞—頼基(明智氏)—頼重—頼秀
—光秀

近衛氏略系図・近衛前久

藤原鎌足—不比等—忠通—基実(近衛氏)—基通—兼経—尚通
—稙家—前久—信基
　　　　└豊臣秀吉(前久の猶子)

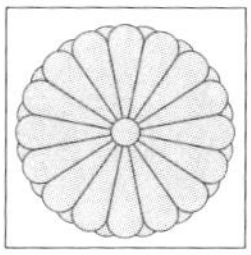

天皇家略系図・正親町天皇

神武天皇(前660年*初代)—崇神天皇(10代)—仁徳天皇(16代)—
推古天皇(33代)—天智天皇(38代)—天武天皇(40代)—聖武天皇(45
代)—桓武天皇(50代)—清和天皇(56代)—後白河天皇(77代)—安徳
天皇(81代)—御醍醐天皇(96代)—正親町天皇(106代)—後陽成
天皇(107代)
　└誠仁親王

徳川家康

清和天皇(56代)―新田義貞―源義重―世良田親氏(松平親氏)

―清康―広忠―徳川家康―秀忠―家光

　　　　　　　　　　　　└信康　　└乳母

明智光秀―家臣・斉藤利三―(福)春日局（乳母＝春日局）

勧修寺尹豊《ただとよ》《晴豊》

藤原北家高藤流甘露寺支流―勧修寺尹豊《ただとよ》―晴秀―晴豊（14代当主）

勧修寺家は武家伝奏である。

藤原北家高藤流甘露寺支流で尹豊は謎の人物で正二位・内大臣で法名を紹可《しょうか》、九十一歳で逝去する。晴豊は尹豊の孫で、誠仁親王妃は晴豊の妹である。

吉田兼見

吉田兼見《かねみ》は信長の推挙より堂上家を獲得した。京都吉田神社神主の神祇大副《しんしだいふく》で公家・官位（従二位）でる。近衛前久に家礼（家臣）と仕え、明智光秀と深い親交があった。

里村紹巴《じょうは》

連歌人の第一人者で信長・光秀など多数の武将と交流が深く、近衛家とも関係が深い。

織田信長関連年表

和暦	西暦	年齢	主要記事
天文三	一五三四	1	織田信秀の三男として、尾張勝播城に生まれる。幼名吉法師。
天文十	一五四一	8	信秀が三河守を与えられる。
天文十一	一五四二	9	信秀が小豆坂で今川義元を破る。
天文十五	一五四六	13	古渡城にて元服。三郎信長と名乗る。
天文十七	一五四八	15	信秀が斎藤道三と同盟を結ぶ。道三の娘、濃姫を娶る。
天文二十	一五五一	18	信秀病死。信長、家督を継ぐ。
天文二十二	一五五三	20	守役、平手政秀が自害する。尾張正徳寺で斎藤道三と会見。
弘治二	一五五六	23	林秀貞と柴田勝家らが織田信雄を擁立し、信長に敵対。〈稲生の戦い〉
永禄元	一五五八	25	信勝が再び背き、清洲城で信長に殺される。
永禄二	一五五九	26	初めて上洛し、将軍足利義輝に拝謁する。
永禄三	一五六〇	27	尾張に侵攻してきた今川義元を討つ。〈桶狭間の戦い〉
永禄四	一五六一	28	美濃に攻めこみ斎藤龍興の兵と戦う。
永禄五	一五六二	29	清洲城で松平元康と同盟を結ぶ。〈清洲同盟〉
永禄六	一五六三	30	小牧城に居城をを移す。
永禄七	一五六四	31	尾張統一を果たす。
永禄八	一五六五	32	武田勝頼のもとに養女（苗木貫太郎の娘）を嫁がせる。

永禄十	一五六七	34	滝川一益に北伊勢攻めを命じる。 斎藤龍興を破り、稲葉山城を攻略する。 稲葉山を岐阜と改め、居城を岐阜城に移す。 岐阜城城下に楽市令を記した定を出す。
永禄十一	一五六八	35	足利義昭を奉じて上洛を果たす。
元亀元	一五七〇	37	五ヶ条の条書を義昭に送る。 朝倉攻めに乗り出すが、浅井長政の裏切りを受け、京に撤退する。 姉川で織田・徳川連合軍が浅井・朝倉連合軍を破る。〈姉川の合戦〉
元亀二	一五七一	38	比叡山延暦寺を焼き払う。
元亀三	一五七二	39	義昭に十七カ条の意見書を送る。
元亀四	一五七三	40	挙兵した義昭を追放し、室町幕府を滅ぼす。 朝廷に改元を奏上する。
天正元			小谷城攻めに乗りだし、浅井氏・朝倉氏を滅ぼす。
天正二	一五七四	41	伊勢長島の一向一揆制圧に本格的に乗り出す。
天正三	一五七五	42	織田・徳川連合軍が武田軍を破る。〈長篠・設楽原の戦い〉 家督を信忠に譲る。
天正四	一五七六	43	安土城を築きはじめる。 木津川口で本願寺に味方する毛利海軍に敗れる。〈第一次木津川口の戦い〉
天正五	一五七七	44	雑賀攻めに乗り出し、鈴木孫一らを降ろす。

天正六	一五七八	45	正二位右大臣兼右近衛大将に任じられるが、その年官位返上。 摂津有岡城主。荒木村重が反旗を翻す。 木津川口にて毛利の水軍を撃破する。〈第二次木津川口の戦い〉
天正七	一五七九	46	安土城天主が完成する。 荒木村重の有岡城を攻略する。
天正八	一五八〇	47	本願寺の顕如を追放し、石山合戦に勝利する。 佐久間信盛父子に十九ヵ条からなる覚書を送り、追放する。
天正九	一五八一	48	皇居東門外で馬揃えを行う。伊賀を平定する。
天正十	一五八二	49	天目山麓の田野で武田勝頼を討ち、武田氏を滅ぼす。 六月二日未明、本願寺にいたところを光秀の軍勢に襲われ、自害。

森 芳男（もり よしお）
1949（昭和24）年、岡山県生まれ。
日本工業大学建築学科卒業。
サンタクララ大学留学。
一級建築士。
民間建設会社勤務。現在、奈良大学文化部文化
財歴史学科（通信）3回生
著書に『信長への道』（文芸社）。

炎の真実

平成28年4月20日発行
著者／森 芳男
発行者／今井恒雄
発行／北辰堂出版株式会社
発売／株式会社展望社
〒112-0002 東京都文京区小石川3-1-7 エコービル202
TEL:03-3814-1997 FAX:03-3814-3063
http://tembo-books.jp
印刷製本／株式会社ダイトー

ISBN 978-4-86427-210-0 定価はカバーに表記